내가 어릴 적 그리던
아버지가 되어

내가 어릴 적 그리던
아버지가 되어

죽음을 앞둔 서른다섯 살 아버지가
아들에게 전하는 이야기

하타노 히로시 지음   한성례 옮김

애플북스

일러두기

• 주석은 모두 옮긴이의 주이다.

:

세상에 변하지 않는 것은 없고 절대적인 것도 없다.

분명 모든 것은 다 변한다. 예를 들면, 나는 사진작가인
데 예전에 내가 찍은 사진을 보면 부끄럽다. 당시에는 분
명 최고라고 확신하며 찍었지만 지금 와서 다시 보면 부
끄러워 얼굴이 화끈거릴 정도다. 물론 내가 촬영한 사진을
최고라고 믿기 때문에 현재 전시회도 열고, 사람들에게도
보여주고 있다. 그만큼 가치 있는 것을 찍기 위해 심사숙
고하고, '이건 좀 아닌데?' 하는 사진은 가차 없이 버린다.
하지만 그렇게 고르고 고른 사진도 몇 년이 지나 다시 보
면 그 역시 못 견디게 부끄러워질지도 모른다.

사진은 스포츠와 같아서 하루하루 성장해간다. 변화는
당연하다. 예전에 찍은 사진을 보고 부끄러워 얼굴이 빨개
진다 해도 과거로 돌아가 사진을 죄다 다시 찍을 수는 없

:

다. 지금 내가 할 수 있는 일은 단 하나뿐이다. 그때그때 최선을 다해 최고의 사진을 찍는 것.

글쓰기도 마찬가지다. 내가 여기에 쓰는 글은 '지금 내가 할 수 있는 최고'이지 영원히 최고로 남을 마법의 말이나 문장은 아니다. 전하려는 가치관도 마찬가지다. 내가 살아가는 데 쓸모 있다고 믿는 몇 가지 지혜도 절대적이지 않다. 그러나 현재로서는 모두 최선이다.

서른다섯 사진작가의 최선,
서른다섯 남편의 최선,
그리고 아버지로서의 최선이다.

올해로 내 아들은 두 살이 되었다. 부모로서 아이에게

:

가르쳐야 할 것이 얼마나 많은가. 아버지로서 아들에게 알려줘야 할 것도 그렇다. 부모 자식의 관계를 넘어, 성별과 나이를 넘어, 한 명의 인간으로서 한 명의 인간과 공유할 수 있는 지혜도 있다. 글을 통해 내 나름대로의 최고를 아들에게 전할 수 있으리라.

최고란 순간순간에서의 최고를 말하며, 아들은 계속 성장해간다. 말랑말랑한 볼을 가진 부드러운 몸이 일어서고, 걷기 시작하고, 순식간에 자란다. 바라건대 어린 아들에게, 소년으로 성장한 아들에게, 사춘기를 맞이하는 아들에게, 청년이 된 아들에게, 그때마다 아버지인 나의 최고를 전해주고 싶다. 아들이 나이를 먹고 시간이 흐름에 따라 조금씩 쌓여갈 가장 최신이자 최고를 아버지로서 아들에

:

게 전할 수 있기를.

그러나 안타깝게도 그럴 확률은 매우 희박하다. 나는 서른넷에 다발골수종Multiple myeloma*이라는 암에 걸렸다. 등 뼈에 종양이 생겨, 남은 시간이 3년이라는 시한부 선고를 받았다.

암 선고를 받은 날 밤, 이 세상에 남겨질 아내와 아들을 생각하며 밤새 울었다. 그렇게 울고 난 후 나는 아들에게 무엇을 남기고 싶은지 깊이 생각했다. 견딜 수 없는 통증 때문에 자살이란 단어가 머릿속을 스치기도 했다. '수렵 중에 생긴 사고로 꾸며 엽총으로 목숨을 끊으면 가족에게

---

* 백혈구의 한 종류인 B림프구의 형질세포가 비정상적으로 증식하는 혈액질환으로, 뼈에 침윤하는 것이 특징이며 면역장애, 조혈장애 및 신장장애를 일으킨다.

:

삼천만 엔 정도의 보험금이 들어오겠지' 따위의 경제적인
도움도 생각해보았다.

그러나 암이라는 무거운 현실을 받아들이고, 그 사실이
내 안으로 파고들었을 때, 남기고 싶은 것은 돈이 아니었
다. 돈이란 작정하면 얼마든지 모을 수 있으니 아들이 스
스로의 힘으로 얻으면 된다. 그래서 나는 아들에게 편지를
쓰기로 했다. 내가 아들에게 남기고 싶은 것은 전하고 싶
은 말이었으니까.

돈으로 해결 가능한 일이라면 돈이면 끝난다. 하지만
돈으로 해결할 수 없는 일들에서 내가 남겨놓은 말들이
해결의 실마리가 되어주기를 간절히 바라는 마음이다. 아
들이 앞으로 인생을 살아가는 데 도움이 될 말을 남겨주

:

고 싶다. 성장하는 데 필요한 지도나 나침반 같은 말.

무슨 말을 써야 할지 깊은 고민에 빠졌을 때, 문득 '아버지라면 어떻게 했을까?'라는 생각이 들었고, 나의 어린 시절을 되돌아보면서 현실을 직시할 수 있는 말을 남기기로 했다.

당연한 이야기지만, 여기에 쓰는 말은 스마트폰의 지도 앱이나 내비게이션처럼 절대적인 길 안내는 아니다. 겨우 35년밖에 살지 않은 평범한 남자의 인생 경험이 GPS만큼 정밀도를 가졌을 리 만무하다. 그러나 분명하게 확신할 수 있는 이야기도 있다. 물론 내 생각을 마치 이정표처럼 내세워 아들을 이끈다면 오히려 아이의 인생을 방해할 뿐이다. 아들이 스스로 길을 만들어 걸어가기를, 다만 문득 길을 잃었을 때 내 이야기가 멀리서 반짝이는 등대가 되기

:

를 바란다.

　아들에게 글을 남기기로 결심한 후 전하고 싶은 내용과 현재의 나에 관한 이야기를 담을 블로그를 만들었다. 그 무렵 한 친구에게서 화재로 사진을 비롯해 소중하게 간직해온 물건들이 죄다 불에 타버렸다는 슬픈 이야기를 듣고, '편지라면 없어질 우려가 있으니 웹사이트에 글을 올리면 안전하겠지'라고 단순하게 판단했다. 그렇게 웹사이트에 올리기 시작한 글들이 인기를 얻으면서 취재 요청도 받았다. 게다가 사람들이 자신의 고민을 트위터로 상담해오기 시작했다. 처음에는 망설였지만 수많은 사람에게서 밀려드는 고민들에 답을 해주며, 이 답변들이 앞으로 아들이 살며 부딪힐 '고민거리'를 해결하는 실마리가 될지도 모른다는 생각이 들었다. 그래서 어떤 고민이라도 아들에게

:

말한다는 심정으로 솔직하고 성실하게 답을 건넸다.

답변을 할 때마다 고민 상담 수도 점점 더 늘어갔다. 암으로 가족을 잃은 사람들만 상담해오는 것도 아니었다. 주변에 가족이나 친구, 동료가 있지만 그 누구에게조차 말하지 못하는 고민을 한 번도 본 적 없는, 게다가 암 환자인 나에게 털어놓았다.

어쩌면 사람은 가까운 이보다는 자신을 잘 모르는 누군가에게 마음을 열어 보이는 것이 편할지도 모른다. 혹은 속마음이란 약간 거리가 있을수록 닿기 쉬운 성질인지도 모른다. 그렇다면 아들을 위한 말도 손으로 쓴 편지보다는 약간 거리를 두고 블로그처럼 가상 공간을 통해 건네는 쪽이 더 효과적일 수 있다.

무엇보다도, 아들을 위한 말이 같은 고민을 안고 있는

:

사람들에게 도움이 된다면 더할 나위 없는 기쁨이다. 어떤 형태든 간에 사람에게는 말이 소중하고, 그렇기에 지금 나는 필사적으로 말을 남기고자 한다.

이 책은 그런 마음의 연장선상에서 한 권으로 묶였다. 웹사이트의 말은 형태를 갖지 않았으면서도 강한 힘을 가졌다. 그처럼 강하면서 형태도 있는 말을 기록하고 싶다는 바람으로 이 책을 썼다. 이 책은 내 아들에게 부치는 편지이자 당신에게 보내는 편지다.

2018년 여름 어느 날
하타노 히로시

차 례

:

2장

고독과 친구에 대하여

: 아들에게 가르쳐주고 싶은 일

:

3장

꿈과 일과 돈에 대하여

: 아들에게 알려주어야 할 것들

:

4장

삶과 죽음에 대하여

: 언젠가 아들과 나누고 싶은 이야기

:

1장

:

온화함과 다정함에 대하여

:

:

아들에게 전하고 싶은 말

:

이름은 선물이자 맹세다

온화하고 다정한 아이로 키우려면
온화하고 다정한 부모여야 한다.

사람들은 누구나 온화하고 다정한 사람을 좋아한다. 나
도 마찬가지다. 누군가 "어떤 사람을 좋아해?"라고 물으
면 남자든 여자든 상관없이 '온화하고 다정한 사람'이라
고 대답한다.

온화하고 다정하게 상대를 대하면 누구나 다 좋아한다. 스스로 온화하고 다정하면 누군가를 기쁘게 해줄 수 있다. 온화하고 다정한 것은 마치 거울과 같아서 상대를 비춰주어 서로가 온화하고 따스해진다.

나는 온화하고 다정한 게 좋아서, 그런 사람과 결혼했다. 아내는 내가 아는 이들 중에 가장 온화하고 따스했다. 나는 아들에게도 '유優'라는 이름을 선물했다. 아이가 태어나면 꼭 이 글자를 넣어 이름을 짓겠다고 마음먹고 있었다. 아들의 이름을 지을 때 아내에게 글자 세 개를 후보로 추천했다.

1번은 '유'. 2번과 3번은 굳이 말하지 않겠다. 다만 본가에 있던 고양이와 같은 이름이었다. 예를 들어 '방울이'와 '삼색이'쯤으로 해두자. 온화하고 다정한 아내는 고양이를 좋아하지만(나도 좋아한다), 고양이 이름을 아들에게 붙이긴 싫었나 보다. 아니면 온화하고 다정한 사람이라서 고양이와 우리 아들이 헷갈리는 걸 피하고 싶었는지도 모른다. 우리는 아이 이름을 '유'로 정했다.

부모는 염원을 담아 아이의 이름을 짓는다. 나와 아내는 아이 이름에 '온화하고 다정한 사람으로 자랐으면 좋겠다'라는 염원을 담았다. 하지만 이런 이름을 붙였다고 해서 알아서 그렇게 자라는 건 아니다. '온화하고 다정한 사람으로 자라기를 바란다'면 부모가 아이를 온화하고 다정한 사람으로 키워야 한다.

어떻게 아이를 온화하고 다정한 사람으로 키울 수 있을까? 어릴 적부터 자원봉사 활동에 데려간다, 동물을 키운다, 친구나 나이 든 어른께 온화하고 다정하게 대하라고 가르친다 등등. 이 모든 방법이 틀리진 않지만 다 옳다고 단정할 수도 없다.

생각하건대, 아이를 온화하고 다정하게 키우려면 부모가 온화하고 다정해야 한다. 부모 자신이 먼저 그런 사람이 되어야 하고, 그 성품이 환경에 따라 변하지 않고 그대로 이어져야 한다.

'유'라는 이름은 아들에게 주는 선물이자, 부모로서 나와 아내의 맹세이기도 했다.

"우리는 온화하고 다정한 사람이 되겠습니다"라는.

아들도 우리의 염원을 따라주었으면 하는 마음이다. 온화하고 다정한 사람과 함께하고 싶다면 자신이 먼저 온화하고 다정한 사람이 되어야 한다.

행동으로 확인하는 일

아이에게 지어주고 싶은 이름을
부모가 두세 달 시험 삼아 먼저 써보자.

아들이 태어나기 전 얼마동안 나는 다른 이름으로 일했
다. '하타노 히로시幡野廣志'가 아닌 '하타노 유幡野優'로.

사진가라는 직업은 '처음 뵙겠습니다'라고 인사한 상대
와 함께 일하는 경우가 많다. 그 덕에 나는 사전에 주고받는 메일을 통해 '하타노 유'라는 이름을 사용할 수 있었다. 명함까지 만들어 회의 때 고객이나 제작진에게 "사진가 하타노 유입니다. 잘 부탁드립니다"라고 인사했다.

"메일로 연락받았을 때 여성이라고 생각했습니다."

그런 말을 몇 번 들었지만 크게 문제는 없었다. '유'는 남성에게도 여성에게도 붙일 수 있다. 글자도 알기 쉽고, 쓰기도 쉽다. 한동안 사용해보니 '유'가 좋은 이름이라는 확신이 생겼다.

예전에 업무 차 만났던 한 남성의 이름이 '유'였는데, 당시 나는 이름만 보고 그를 여성으로 착각했을 만큼 이름이 아름답다고 생각했다. 늘 메일로만 일 이야기를 주고 받았기에 처음 만났을 때 상상했던 것과 전혀 다른 아저씨가 나타나, 자연스럽게 이름에 대한 이야기를 나눴던 기억이 난다. 그는 "어려서부터 같은 말을 수백 번도 더 들었습니다"라고 말하며 머쓱한 표정을 지어 보였다.

그때 나는 그 이름을 나중에 꼭 내 아이의 이름으로 쓰겠다고 다짐했다. 그리하여 실제로 '유'라는 이름을 써보게 된 것이다.

이렇게 말하면 놀라는 사람이 대부분이다. 간혹 "그렇게까지 할 필요가 있나요?"라며 괴짜 취급을 하기도 한다. 하지만 부모가 지어준 이름은 아이가 살아가는 동안 가장 많이 사용하고 가장 많이 듣는다. 사랑하는 아이가 평생 쓸 이름이니, 부모가 두세 달 먼저 시험해보고 결정한다면, 그 얼마나 멋진 일인가.

남자아이라면 아버지가, 여자아이라면 어머니가 이름을 써본다. 레스토랑이나 미용실 예약 등 일상에서 미리 사용해볼 기회는 얼마든지 있다.

평범하지 않은 이름이라면 여러 의견이 있을 수 있다. 예를 들면, 사람들이 잘 모르는 어려운 한자로 된 이름이어서 서류에 기입할 때마다 한자 읽는 법을 질문받는다거나, '야마다 마리안느'처럼 독특해서 사람들 앞에서 이름이 불릴 때마다 주목받을 수도 있다. 하지만 "역시 내 이름이 최고야!"라고 느껴진다면 그것도 나쁘지 않다고 생각한다.

원래 나는 '하타노幡野'라는 성을 쓰기도, 읽기도 어려워서 싫어했다. 성은 이어받는 것이니 어쩔 수 없다. 그래도 부모가 아이를 위해 선택할 수 있는 이름만큼은 부르기 쉽고 상큼한 느낌으로 지어주리라 다짐했다.

이름만이 아니다. '그 사람을 위해 좋다'고 믿었던 것들이 시간이 흐른 후 진정으로 좋은 것인지 확신할 수 없는 경우도 많다. 머릿속으로만 '좋다'고 생각하기보다는 시간과 수고를 들여 직접 확인해보고 판단을 내리는 쪽이 훨씬 합리적이다. 마음에만 담아두지 않고 행동으로 확인하는 것. 이 또한 온화함과 다정함을 만드는 일의 하나라고 생각한다.

다정한 학대

온화하고 다정한 사람이란
누군가의 몸과 마음의 아픔을 이해하고,
자신이 할 수 있는 방법으로
도움의 손길을 내미는 사람이다.

아들 앞에서 아들의 유치원 친구에게 장난감을 준다.
집을 방문한 손님에게 과자를 준다. 그 모습을 본 아들이
생글생글 웃으며 환한 얼굴로 손을 내민다. 우리 부부에게
서 뭔가를 받은 사람이 기뻐하는 모습을 보고 따라 하는

행동이다.

아이는 친구들에게 장난감이나 과자를 주고 아까워하거나 없어졌다고 화내지 않고, 상대가 기뻐하는 모습을 보고 함께 기뻐한다. 우리 부부도 그런 아들을 보고 있으면 덩달아 기쁘고, 신이 나고, 저절로 미소가 피어난다.

다른 이에게 뭔가를 해주려면 온화함과 다정함이 있어야 한다. 어른이 되면 의외로 그런 게 쉽지 않다. 암 선고를 받고 나서 뼈저리게 깨달았다. 암 말기라는 사실이 차츰 주변에 알려지면서 많은 사람이 '온화하고 다정한 손'을 내밀어주었다.

"무엇보다 안정이 중요해. 최고의 의료진에게 최선의 치료를 받아 하루라도 더 오래 살았으면 해."

부모님과 친척, 가족들의 온화함과 다정함은 이렇다. 치료가 아무리 가혹해도, 남은 날을 침대에만 누워 있어야 해도, '어쨌든 조금이라도 더 오래 사는 것'을 중요하게 여겼다. 걱정해주는 마음은 나도 잘 안다. 하지만 조금 더 삶을 연명하기 위해 침대에서 천장이나 바라보며 누워 지내는 것은 바라지 않는다.

"이 치료를 받아보면 어떨까?"

"이 약이 잘 듣는다던대."

"굉장히 잘하는 기공氣功 선생님이 있는데 꼭 만나봤으면 해."

지인과 친구들의 '온화하고 다정한 손'이 선의라는 것을 알면서도 힘들고 혼란스러웠다.

그런 상황에서 암에 대한 글을 블로그에 올리자 '온화하고 다정한 손'이 엄청나게 늘어났다.

"기적의 물로 암을 치료할 수 있습니다."

"○○에서 '기氣'를 조절하면 암세포가 사라집니다."

내 전화번호를 어떻게 알아냈는지 영적 요법, 대체 의료, 종교를 권유하거나 육체와 정신이 정화되는 장소를 알려주는 문자와 전화까지 걸려왔다.

인터넷 세계는 극단으로 치닫기도 한다. 선의의 충고를 무시하는 순간 건방진 환자로 낙인찍혀 나쁜 사람으로 취급받는다. 내가 죽고 나서 아내와 아들이 "○○ 치료를 받았으면 살았을지도 모르는데"라는 언어폭력을 당할지도 모른다.

결국 매일 수없이 걸려오는 수상한 권유 전화와 문자를 견디지 못하고 10년 넘게 사용해온 전화를 해지했다. 프리랜서 사진작가의 전화를 해지하게 만들다니, 서글프다.

한번은 "이 항아리를 사면 암이 낫습니다"라는 문자를 받고 배가 아플 정도로 한참을 웃었는데, 결과적으로는 좋았다. 시한부 관련 농담도 바닥이 난데다, 홀쭉하게 살이 빠져 제법 암 환자 티가 나던 터라 웃느라 만들어진 복근을 간호사에게 보여 깔깔 웃게 만든 것도 나쁘지 않았다.

그러나 이러한 온화함과 다정함은 거의 학대에 가깝다. 내가 내린 결론은 근거 없는 충고는 '다정한 학대'라는 것이다.

암 진단을 받은 사람 대부분은 현실을 잘 받아들이지 못한다. 피하거나 가족이나 의료진에게 소리를 지르고, 자기혐오에 빠지고, 과거를 책망하며 스스로의 존재 가치를 부정한다.

내가 조사한 결과, 암 환자가 우울증이나 적응장애에 한꺼번에 걸릴 확률은 건강한 사람의 두 배, 자살률은 스물네 배였다. 병원 내 자살자 중 절반이 암 환자라고 한다. 암이란 몸뿐만 아니라 마음까지 좀먹는 병이다. 게다가 암 환자는 고령자가 많다. 지푸라기라도 잡고 싶은 심정으로 '온화하고 다정한 손'이 내민 기적의 물을 곧바로 받아 마실지도 모른다.

온화한 모습으로 다정한 말을 건네지만, 결과적으로 고통을 준다면 잔혹한 것과 다를 바 없다. 요컨대 '다정한 학대'다.

전립선암에 걸린 사람의 5년 후 생존율은 97.5퍼센트.

췌장암에 걸린 사람의 5년 후 생존율은 7.9퍼센트.

암도 여러 종류가 있어서 동일한 치료법으로 똑같은 효과가 나진 않는다. "저는 이 치료법으로 완치되었습니다"라든가 "몇 개월 시한부 판정을 받았지만 10년 동안 살아남았습니다"라는 문자를 많이 받았지만, '다행입니다' 하는 생각만 들었다. 기적적으로 성공한 사례도 있지만, 유족들이 떠올리기조차 힘든 끔찍하게 실패한 사례도 수없이 많다. 다만 알려지지 않았을 뿐이다.

좋은 예만 보여주어 무작정 희망을 품게 하는 것은 위험하다. 희망이 없음을 알게 된 후에는 더 큰 절망만이 기다린다.

일본인 두 명 중 한 명은 암을 앓고, 세 명 중 한 명은 암으로 사망한다. 살다 보면 누구나 암에 걸린 사람과 만났거나 앞으로 만날 것이다. 그럴 때면 부디 '다정한 학대'를 휘두르지 말았으면 한다. 인스턴트 라면에 물을 붓듯 쉽게 충고하지 않았으면 한다.

물론 의료체계가 완벽하진 않다. 암 치료는 사실상 의사, 간호사라면 받지 않을 치료를 환자에게 권유한다. 그렇다고 의사들이 민간요법으로 환자를 돌보는 건 아니다. 적어도 의료인은 전문가로서 위험 부담을 안고 환자를 치료한다.

그러나 안이하게 충고하는 사람들은 과연 자신이 내뱉은 말에 책임질 수 있을까? 의료인보다 암에 대한 공부를 더 많이 했을까?

　"만약 획기적인 치료법을 알고 있다면 남에게 충고하지
말고 자신이 암에 걸렸을 때 그 방법으로 치료해보세요.
부디 무책임한 충고는 하지 맙시다."
　이 메시지를 웹페이지에 올리자, 무책임한 충고로 고통
받는 환자와 가족, 유족들에게서 많은 응원 메시지가 도착
했다.

　아들이 '다정한 학대'를 이해하기에는 좀 이를지도 모
른다. 하지만 이것만큼은 지금부터 조금씩 알려주고 싶다.
온화하고 다정한 사람이란 다른 이의 몸과 마음의 고통을
이해하는 사람이라고.
　남의 고통을 충분히 이해할 수 있는 사람이라면 결코
무책임한 충고 따위는 하지 않는다.

　아들에게 알려주리라.
　"상대를 이해할 수 없다면 먼저 상상해보렴."

"상대가 기뻐하지 않는 일을 '기쁘지?'라고 단정해선 안 돼. 네가 좋아하는 과자를 상대방은 싫어할 수도 있거든."

내가 생각하는 온화하고 다정한 사람은 상대를 배려하여 자신이 할 수 있는 방법으로 도움을 준다. 자신의 온화함과 다정함을 통째로 던지기만 한다고 그런 사람이 될 수는 없다.

강인하면서도 때론 다정하게

"괜찮아, 괜찮아"라며 좋은 얼굴을 하는 것만이
온화함과 다정함은 아니다.

내가 지금까지 만나온 많은 사람 중에 '이 사람은 존경할 만한 인물이다'라고 느낀 사람은 모두 강인하면서도 온화하고 다정한 사람이었다. 온화하고 다정할 뿐 아니라 강했다. 그리고 엄격했다.

반대로 세상에는 다른 사람의 실패를 즐거워하고 비난하는 차가운 사람도 있다. 심지어 누군가 실패해서 다시는 일어설 수 없다는 것을 알면, 안심하고 더욱더 몰아붙이는 사람도 있다. 마치 '이 녀석은 당당하게 드러내놓고 괴롭힐 수 있어'라는 듯이.

만약 물에 빠져 흠뻑 젖은 개를 웃는 얼굴로 때리는 사람이 있다고 한다면, 그는 겉으로는 강해 보일 수 있지만 실제로는 약한 사람일 것이다. 당연하지만, 온화하지도 다정하지도 않은 사람일 것이다.

또 어떤 결과에 대해 '자신의 책임'이라든가 '자업자득'이라고 심하게 말하며 어려운 상황에 처한 사람을 도와주지 않는 사람도 있다. 그런데 '자신'이란 절대적이며 빈틈없고 강한 것일까? 그리고 무슨 일이 생기면 그것이 절대적으로 '자신' 탓일까?

아무리 강한 사람이라도 실패할 수 있다.

아무리 지혜롭고 현명한 사람이라도 사고를 당할 수 있다.

한 번도 나쁜 짓을 저지른 적이 없는데도 중병에 걸릴 수도 있다.

'모두 자기 책임'이라고 몰아붙이는 차가운 사람은 분명 주변 사람들이 그에게도 이처럼 차갑게 대했으리라. 이런 차가운 사람은 남에게 폐 끼치지 말라는 말을 잘못 이해하고 있다. 그래서 나는 아들에게 한없이 온화하고 다정하게 대하리라 다짐했다. 아들에게 자신의 약한 부분을 인정하고 도움을 청하는 법을 가르치고 싶다.

"몸과 마음이 고통스럽거나 힘들 때면 바로 도움을 청하렴"이라고.

그래야만 힘든 상황에 놓인 것을 알아챌 수도 있고, 고통스러워하는 사람의 마음을 헤아릴 수도 있고, 그를 위해 무엇을 도와줄 수 있을지 판단할 수도 있다.

상대를 위해 자신이 무엇을 해줄 수 있을지 판단하고 실행하는 것은 온화함과 다정함이 있어야 가능하지만 사실 그리 쉬운 일이 아니다.

내가 사진작가가 되는 데 큰 역할을 한 스승님은 온화

하고 다정한 분이었다. 반대로 누군가는 "그분이 온화하고 다정하다고?"라고 말할 수도 있다. 그 정도로 스승님은 엄격하고 무서운 사람이기도 했다. 얼마나 엄격했으면 배우는 시기별로 제자들이 여러 명씩 떠나갔을 정도다.

실제로 스승님은 자주 실패하고 제대로 따라 하지 못하는 나를 엄격하게 꾸짖긴 했지만 잊지 않고 잘못된 부분을 가르쳐주셨고, 효율적이고 필요한 기술을 그때그때 정확하게 알려주셨다. 성격이 나빠서 혹은 화풀이나 분풀이로, 자신이 얼마나 잘났는지를 보여주기 위해서 화를 내는 사람도 있는데, 스승님은 달랐다. '지금 이 사람에게 무엇이 필요한지'를 꿰뚫어보고 명확하게 지도해주셨다. 잘했을 때는 진심으로 칭찬해주셔서 그 덕에 내 실력은 빠르게 나아졌다.

자신이 실패했을 때는 도움을 청하고, 다른 사람이 실패했을 때는 비난하지 말아야 한다. 하지만 "괜찮아, 괜찮아"라며 좋은 얼굴을 하는 것만이 온화함과 다정함은 아니다.

잘한 점은 칭찬하고 못한 점은 꾸짖는다. 그런 다음 못한 점은 잘하게끔 방법을 가르쳐준다. 아주 단순한 일임에도 이것을 잘하는 사람은 별로 많지 않다. 아들을 키우면서 나는 이 부분을 거듭 생각하며 가장 마음을 쓰고 있다. 아들도 이것을 잘 배워두길 바란다.

있는 그대로 받아들이기

부모 자식, 가족 간의 온화함과 다정함이란
그저 상대방을 생각하고 받아들이기,
그것만으로 완성되기도 한다.

산속에서 사냥을 한다. 아오키가하라*에 간다. 홀로 해

---

* 일본 후지산의 북서쪽에 위치하며, 야마나시 현 후지카와구치코 초(山梨縣 富士河口湖町) 인근에 걸쳐 있는 광활한 원시림이다. '주카이(樹海, 나무들의 바다)'라고도 하며, 자살 명소로도 유명하다.

외여행을 떠난다.

산속, 아오키가하라, 해외. 모두 내가 가보고 싶었던 곳이고 실제로도 다녀왔다. 그런데 살날이 3년밖에 남지 않은 암 환자에게 이런 여행이 어울리는 행동으로는 보이지 않았나 보다. "치료에 전념해야지"라며 어머니와 친척들이 반대하고 나섰다. 당연한 반응이다. 유일하게 아내만이 "하고 싶다면 망설이지 마요"라고 응원해주었다. 내 몸 상태를 가장 가까이에서 봐왔으니 그 계획을 실행하는 게 얼마나 어려운지 누구보다도 잘 아는데도.

연애 시절에도, 결혼 후에도, 아들이 태어나고서도 나는 좋아하는 일을 자유롭게 하면서 지내왔다. '사진 찍으러 외딴섬에 가야지'라고 결정하면 곧바로 떠났고, 여러 날을 산에서 지내며 사냥을 하고 돌아오기도 했다. 내 마음대로였다. 세상에는 남편이나 연인이 제멋대로 행동하는 것을 허락하지 않거나 혼자 남겨지는 것을 참지 못하는 여성도 많다. 나를 막지 않고 맘껏 활동하게 배려해주는 아내와 결혼해서 얼마나 다행인가.

이것도 병에 걸렸을 때는 이야기가 달라질 수 있다. "아픈데 놀러 다니지 말고 병원부터 가라"고 권하는 사람이 압도적으로 많아진다.

하지만 아내는 내가 병에 걸린 후에도 한결같이 "좋아하는 일, 하고 싶은 일을 하세요"라며 응원을 아끼지 않는다. 그런 아내가 나는 존경스럽다. 그래서 마음이 벅차오른다.

온화하고 다정한 사람과 결혼하고, 온화하고 다정한 스승을 만난 나는 온화하고 다정한 사람으로 사는 행운을 얻었다. 이 두 사람하고만 삶을 이어나가면 좋으련만 세상은 그렇게 놔두지 않았다. 싫은 사람들에 둘러싸여 나 자신조차 싫은 사람처럼 바뀌던 때가 있었다.

프리랜서로 일을 시작하고 몇 년이 지났을 무렵, 지방 도시의 비즈니스호텔에서 장기 투숙하며 한 달가량 촬영일을 했다. 이미 결혼했지만 그리 대수롭지 않은 단신 부임이었다.

흔히 촬영 업계를 3D 업종이라고 부른다. 노동 시간이 길고, 체력으로 승부해야 하고, 게다가 갑질이 난무한다.

그만큼 급여가 센데, 프리랜서 사진작가는 일주일 일하고도 회사원의 한 달 치 월급을 벌 때도 있다. 하지만 새벽부터 한밤중까지 일할 때가 많아서 시급으로 따지면 더 적을지도 모른다.

집을 떠나 비좁은 호텔 방과 촬영 현장만을 왕복하며 지내자니 답답하기 짝이 없었다. 클라이언트의 요구로 두 달 걸리는 작업을 한 달 만에 끝내야 하는, 힘든 일이었다. 뭔가 터질 듯한 분위기에서 진행되는 작업은 초조함과 긴장의 연속이었다. 서로에게 화를 내기도 했는데, 거의 분풀이나 그저 힘을 과시하려는 행동이었다. 실수는 당연히 용납되지 않았고 칭찬도 하지 않았다.

가끔 함께 술을 마시러 가면 일에 대한 푸념이나 지난날의 케케묵은 자랑만 했다. 처음에는 '아아, 싫다!'라고 생각했지만 어느새 익숙해져 나도 그들만큼 불만을 늘어놓고 있었다.

온화하고 다정한 사람과 같이 있으면 온화하고 다정하게 바뀌지만, 싫어하는 사람과 있으면 자신도 싫어하는 사람으로 변한다.

도쿄에 있는 아내에게 전화할 때마다 나도 모르게 짜증을 냈다. 별일도 아닌데 화를 내거나 가시 돋친 말로 화풀이를 했다. 소중한 사람이라서 전화를 걸었는데 쌓인 불만을 최악의 형태로 몽땅 쏟아붓곤 했다. 울분을 토하며 마치 쓰레기통처럼 대한 것이다. 그런 인간의 행태를 대체 뭐라 설명할까?

가족에게는 솔직하게 약한 모습을 보여주어도 된다. 하지만 어떤 행동이든 다 용서받을 수 있는 건 아니다.

내 행동이 잘못됐음을 자각했다. 점점 더 싫은 인간으로 바뀌어가자 나는 돌아가기 전까지 전화를 하지 않고 아내에게 편지를 쓰기로 마음먹었다. 편지라면 차분하게 적어 내려갈 수 있으니 화내지 않고도 제대로 마음을 전할 수 있으리라.

월요일부터 토요일까지는 일이 많아 잠잘 시간조차 부족해 유일하게 쉴 수 있는 일요일에 편지를 쓰기로 했다. 늦게까지 잠을 자고 나서 점심을 먹고 멍하니 지내다 저녁에 아내에게 편지를 썼다. 서너 장씩 쓰고 휴일에 찍은 사진을 편의점에서 뽑아 동봉했다. 무슨 내용을 썼는지 지금은 잘 기억나지 않지만 일에 대한 푸념이나 화풀이는 아니었다.

그 편지에 아내가 답신을 보내왔다. 그곳에서 일하는 동안 내 성격이 다른 사람처럼 변한 것을 알고 걱정했으리라. 그러나 아내는 나를 염려하는 말만 썼고 비판이나 충고는 없었다. 그리고 "돌아오면 놀러가요"라는 말로 편지를 끝맺었다.

암에 걸리고 나서 혼자 베트남에 가겠다고 했을 때 아내는 오랜만에 공항에서 편지를 내밀었다. 봉투가 두툼했다. 베트남에 도착하자마자 열어 보니 아픈 나를 걱정하는 마음이 가득 담겼고, "돌아오면 셋이서 함께 놀아요" 하고 끝맺었다.

부피가 두툼했던 이유는 부적과 함께 아들이 직접 뽑았다는, 아직 뜯지 않은 오미쿠지*가 들었기 때문이다.

'액운이 끼었으니 여행할 때 조심하라고 쓰여 있으면

• 일본의 신사나 절에서 길흉을 점칠 때 뽑는 제비.

어쩌려고!'

나는 가슴을 졸이며 오미쿠지를 펼쳐 보았다. 20대 때 자동차로 일본 이곳저곳을 여행한 적이 있는데, 기요미즈데라淸水寺**사원에서 '여행할 때 조심하라'고 쓰인 액운 제비를 뽑아 들고 풀이 죽은 기억이 있다. 그 이야기를 아내에게 여러 번 했는데 잊었나 보다. 아들에게 "엄마는 세심한 성격이 아니니 네가 잘 챙겨드리렴"이라고 알려줘야 할 것 같다.

** 유네스코세계유산으로 지정된 일본 교토 부 교토 시 히가시야마 구(京都府 京都市 東山區)에 있는 사원이다. 일본에서 관음보살을 안치한 서른세 곳 관음영지 중 열여섯 번째다.

실패하지 않을 선택

어릴 때 선택하는 연습을 해보지 못한 아이는
스스로 결정하는 일을 두려워한다.

웹사이트로 인생 상담을 시작한 후 의외로 많은 사람이
'뭘 하고 싶은지 몰라서' 고민한다는 것을 알았다. 궁금해
서 그 이유를 물어보니 대부분 "부모님이 전부 결정해주
었거든요"라고 대답했다.

입학, 진학 같은 중대한 일부터 동아리, 배우고 싶은 것, 옷, 취미까지, 심지어 '레스토랑이나 식당에서 뭘 먹을지'를 정하는 일조차 부모가 정해주는 경우가 많았다. '내 아이에게는 실패를 겪게 하고 싶지 않아, 실패 없는 최고의 길을 가게 해주겠어' 하는, 자식을 너무 생각하는 부모의 마음에서 비롯되었을 것이다.

흔한 예로, 가족이 슈퍼마켓에서 쇼핑할 때 자주 보는 광경이 있다.

"그거 말고 이걸로 하렴."

아이가 고른 물건을 부정하거나 자신이 좋다고 판단한 물건을 아이에게 강요하는 부모의 모습이다.

아이가 어릴 때는 그냥 과자 정도지만 나중에는 레스토랑이나 식당의 메뉴가 되고, 옷이 되고, 진학할 학교가 되고, 동아리 선택이나 배우고 싶은 것이 되고, 친하게 지낼 동성 친구나 사귈 이성 친구의 선택으로 이어진다. 그리고 이런 부모일수록 아이의 취직과 결혼 상대마저 '실패하지 않을 선택'을 위해 앞에 나설 확률이 높다.

만약 "이제 어른이니 스스로 결정하렴" 하고 부모가 태도를 바꿨다 해도 어려서부터 선택 연습을 하지 못했다면 어른이지만 실패가 두려워 결코 결단을 내리지 못한다. '나 혼자 결정해서 실패하면 어쩌지?'라고 겁부터 낸다. 결국 이런 일이 반복되면 '자신이 뭘 하고 싶은지 모르는' 사람이 되어버린다.

아들은 이제 두 살이 되었다. 걷기 시작했고, 조금씩 자아도 생겨났다.

나는 뭐든지 아들이 천천히 고를 수 있게 기다려준다. 아이가 다닐 어린이집을 정할 때도 "어느 곳이 좋아?"라며 아이에게 먼저 선택권을 주었다. 아직 의사소통이 원활하지 않지만 아이를 데리고 직접 어린이집을 방문해본 후에 아이가 좋아하는 곳을 우선순위에 놓았다. 별문제가 없을 경우 아이의 선택을 따른다.

슈퍼마켓에서 과자를 살 때, 레스토랑이나 식당에서 음식을 주문할 때도 아이가 고를 때까지 차분히 기다려준다. 아내와 나는 아이의 결정을 인정해주기로 규칙을 정해놓았다. 큰 문제가 없는 한, "그거 말고 이걸로 하렴"이라고 내 의견을 강요하지 않는다. 아이의 결정에 부모는 단지 길잡이 역할만 해줄 뿐이다. 이것은 사소해 보이지만 아이의 자립심을 기르는 데 매우 중요하다.

이러한 방식을 현실이 아닌 이상적인 육아라고 말하는 부모도 있다. 물론 "그거 말고 이걸로 하렴"이라고 권하는 부모의 마음도 이해한다. 아이가 집어든 것이 비싸거나 식당에서 먹지 못하는 음식일 수도 있다. 무엇보다 부모는 시간에 쫓긴다. 서둘러 직장 일을 끝내고 아이를 데리러 가야 하고, 집으로 돌아와서는 식사를 준비하고 아이 목욕을 시키고 세탁기를 두 번쯤 돌려야 하고, 청소도 해야 한다. 할 일은 많고 시간은 부족한데 과자 진열대 앞에서 이걸 고를까 저걸 고를까 망설이는 아이를 마냥 기다려줄 수는 없다.

'제한된 시간 안에 예산에 맞고 적합한 물건을 정확하게 고른다.' 이것이 어른들의 합리성이다. 하지만 합리성에 묶여 있다 보니 자신만의 '이것이 좋다'라는 것은 쉽게 잊어버렸다.

사랑하는 내 아이가 어른들의 합리성에서 자유로울 수 있도록, 겨우 몇 년뿐인 유년기만이라도 아이에게 맞춰주는 것이 좋지 않을까?

그런데 대다수 부모는 바빠서 시간이 없다. 나는 암에 걸려 일이 줄어드는 바람에 시간이 많아졌다. 아이러니하게도 지금 눈앞에 보이는 시간은 남아돌지만 나의 삶은 얼마 남지 않았다. 어쨌든 누구에게나 주어진 시간은 한정되어 있다. 그래서 내게 얼마 남지 않은 시간을 나는 기꺼이 내 아이를 위해 쓸 생각이다. 그것이 부모의 온화함과 다정함이라고 믿고 있기에.

슈퍼마켓에서 파는 과자는 아무리 비싸도 오백 엔 정도다. 좀 비싸다고 느껴질지 모르지만 아이가 손에 든 과자를 그대로 계산해준다. 매일 그렇게 비싼 과자를 사지는 않을 테니 다른 데서 아끼면 된다.

아이는 어떤 것을 선택할 때 어른과 다른 기준이 있다. 과자의 맛보다는 포장지 디자인, 집어 들었을 때의 감촉, 흔들었을 때 나는 소리 등에 집착할 때가 있다.

아들 유는 자가리코*를 좋아한다. 과자 봉지를 흔들면 찰랑찰랑 소리가 나는데 그걸 듣고 굉장히 즐거워한다. 자가리코에서 울리는 음색에 귀를 기울이는 감수성, 화려한 색채의 포테이토칩 봉지에 이끌리는 마음 등 아이의 오감으로 고르는 멋진 감각을 소중히 여기고 싶다.

아이는 합리적으로 물건을 고르지 못한다. 가끔 어린아이가 먹지 못할 만큼 지독하게 매운 과자를 고르기도 하지만, 그것조차 나는 말리지 않는다.

'입에 넣자마자 웩! 하고 내뱉겠지'라는 걸 잘 알고 있지만 아이가 과자를 입에 넣을 때도 말리지 않는다. 알레르기는 조심해야 하지만 매워서 비명을 지르며 눈물, 콧물 다 흘리는 정도의 실패는 경험하게 내버려둔다.

실패 경험을 바탕으로 다음에 다시 한 번 고르게 한다. 이런 경험들이 아들의 성장으로 이어져 '자신이 무엇을 하고 싶은지 아는 사람'으로 자랄 수 있다고 나는 믿는다.

아이가 실패할 기회를 빼앗아버린다면, 도전하지 못하

• 일본 가루비(Calbee)라는 과자 회사에서 출시한 감자 스낵.

는 아이로 자랄 것이다. 실패하지 않도록 부모가 미리 "이렇게 해라"라고 알려주고 결정해준다면, 이것 또한 '다정한 학대'다.

아이의 선택을 존중해주고 부모의 가치관을 강요하지 않는 자세야말로 부모가 할 수 있는 아이에 대한 진정한 상냥함과 다정함이다.

생명이 이어진다는 것

힘들기 때문에
오히려 사람은 아이를 갖는다.

스스로 자랑하는 것 같아 부끄럽지만 나는 아이를 아주 잘 다룬다. 집 근처에 시에서 운영하는 육아 광장 같은 곳이 있다. 아들과 같이 가면 신기하게도 아이들이 모여든다. 한번은 아이들 분위기에 맞춰 같이 놀아주고 있는데,

관리하는 분이 "아이들을 잘 다루시는 걸 보니 유치원 교사인가 봐요?"라며 물었다.

하지만 예전에 나는 아이들을 좋아하지 않았다. 아내가 "아이를 갖고 싶어"라고 말했을 때도 나는 단호하게 필요 없다고 했다.

그랬던 내가 메이지明治시대*까지의 과거 일본 동북지방에 관해 조사하면서 마음이 바뀌었다. 흉년으로 굶어 죽은 남자아이, 생활고를 해결하기 위해 유곽으로 팔려간 여자아이. 당시 사람들의 행적을 조사할수록 팔려간 후 여자아이의 삶이 얼마나 가혹하고 힘들었을지 알게 되었다.

내가 취재를 한 사람은 팔려간 여자아이의 자식과 손자였다. 부모가 진 빚 대신 팔려, 그 무게를 짊어진 채 매춘을 강요당한 여성이었지만 그녀는 아이를 낳았다.

2011년부터 내전이 이어지던 시리아의 출산율이 올랐다는 기사를 읽은 적이 있다. 참 이상했다. 100년 전에 태

• 일본의 메이지 유신 이후 메이지 일왕의 통치 시대로, 1868년 왕정복고에 의해 메이지 정부가 수립되어 1912년 메이지 일왕이 죽을 때까지 44년간 유지되었다.

어난 일본 동북지방의 여자아이는 힘들고 고통스런 삶에서도 아이를 낳았다. 내전이 이어지는 전쟁터 시리아에서도 사람들은 아이를 낳았다. 2차 세계대전 직후 식량난을 겪던 일본에서도 베이비붐이 일어났다.

"분명 숨도 쉬지 못할 만큼 힘든 삶이었을 텐데, 어떻게 사람들은 그런 상황에서도 아이를 낳을 수 있을까?"

도저히 이해할 수 없어서 다양한 조사를 해보고 알게 된 사실은 '힘들기 때문에 아이를 낳는다'였다. 인류는 힘든 상황일수록 오히려 다음 세대로 생명을 이어가기 위해 애써왔다. 그러고 보면 현재 저출산은 사회가 안정되었기 때문일지도 모른다.

'아이를 낳았다고 해서 생명을 이었다고 할 수 있을까?' 이런 의문도 생길 것이다. 아이를 갖고 싶어도 그러지 못하는 사람도 많다.

어쨌든 내가 생명을 이어받아 이 세상에서 살 수 있었던 까닭은 부모, 조부모, 증조부모, 고조부모 등 선조가 있었기 때문이다. 기근이나 전쟁, 전염병이 빈번했던 그 옛

날, 인간의 가치가 종이쪼가리처럼 하찮았던 그 시절에도 생명을 내려준 사람들이 있었다.

당연하게 여겨왔던 사실이 문득 커다란 의미로 다가왔다. 그런 나는 일본이라는 안전한 국가에 살고 있고, 그 안에서 결혼도 했다. 아내는 아이를 원하고, 우리는 일을 하고 있으며, 아이를 키울 경제력도 갖추었다. 그럼에도 '아이는 원하지 않는다'라는 감정만으로 부모가 되지 않는 건 옳지 않다.

그렇게 생각한 순간, 나는 아이를 갖기로 결심했다.

나는 3월에 태어나 성장이 느려 고생했다.* 내 아이에게는 똑같은 고생을 시키고 싶지 않았다. 아내와 의논하여 아이가 4월에서 6월 사이에 태어나도록 임신 계획을 세웠다. 다행히도 순조롭게 임신과 출산을 하여, 2016년 6월 16일에 아들이 태어났다. 나는 한 아이의 아버지가 되었다.

• 일본은 4월에 학기가 시작된다. 그러므로 3월생은 또래보다 거의 한 살 어린, 즉 성장이 느린 채로 입학하여 학교생활을 시작한다.

생명이 이어진다는, 인간 삶의 근본을 생각할 때, 아이를 키우는 최대 목적은 '아이의 생명이 잘 지켜지게 하는 것'이라고 생각한다.

의지할 수 있는 존재

부자 관계와 친구 관계의 차이는
'의지할 수 있는가, 없는가'다.

결혼 후 5년 동안은 나와 아내가 부모로서 성장한, 소
중한 시간이었다고 생각한다. 20대였을 때 우리는 세상을
보는 시야가 좁았고 지식도 부족했다. 부모로서 보낸 그
시간이 없었다면 아이나 육아에 관한 시야를 넓히지 못했

을 뿐더러 지식도 채우지 못했을 것이다.

지금 우리는 아이를 키우며 함께 성장하고 있다. 아내와 둘이서만 지냈을 때는 어땠는지 기억도 나지 않을 만큼 아이가 있는 생활은 활기차다. 아들이 태어난 후 모든 것이 즐거워졌다.

아들이라는 존재 덕분에 '나와 아내가 어떤 사람인지'에 대한 이해도 깊어졌다. 자신보다 약한 존재를 어떻게 대하는지를 보면 그가 어떤 사람인지 알 수 있다. 아이라는 '어른보다 압도적으로 약한 존재'를 어떻게 대하는지로 나와 아내가 가늠된다.

아이에게 강요하거나 선의로라도 의견을 밀어붙이거나 실패하지 않도록 미리부터 간섭하지 않는다. 그러한 실수가 없도록 매일매일 신중을 기한다.

나와 아내는 몇 가지 육아 규칙을 정했다.

먼저, 뭐든 칭찬하기다. 아이가 밥을 입에 제대로 넣기만 해도 "잘했어!"라고 칭찬한다. 다 먹고 나면 "유야, 대단해"라며 감탄하는 말도 아끼지 않는다. 흘리건 떨어뜨리건 주변을 엉망으로 만들건 실수를 하건 절대로 화내지 않는다. 부모의 애타는 마음을 그대로 드러내어 화를 낸들 아이가 금방 따라 할 수도 없다. 그리고 언젠가는 다 하게 마련이다.

칭찬을 해주면 아이에게 '자기 긍정감'이 싹튼다. 자기 긍정감은 자신감으로 이어지고, 자신감은 아이가 살아가는 데 든든한 아군이 되어줄 것이다. 물론 아이를 이해시키기 위해 간혹 꾸짖을 때도 있다. 칭찬과 꾸중. 이 두 가지를 조화롭게 구사하는 것이 부모의 온화함과 다정함이 아닐까?

아들이 욱해서 물건을 던지려 하면 꾸짖고, 아직 말을 잘 못하는 시기라서 가끔 말보다 손이 먼저 올라올 때도 안 된다고 알려준다. 다른 아이에 비해 몸집이 큰 편이라 어린이집에서 힘없는 친구를 괴롭힐까봐 미리 방지하기 위해서다.

이 글을 쓰고 있는 지금, 아이는 '마의 두 살'이라 불리는 시기여서 뭐든 "싫어, 싫어"라며 도리질을 한다.

나와 아내는 '아이에게 두 사람이 동시에 화내지 말기'라는 규칙도 정해놓았다. 한 사람이 꾸중을 하면 다른 한 사람은 따뜻하게 보듬어준다. 아빠와 엄마 두 사람이 한꺼번에 화를 내면 아이는 숨을 곳이 없다. 대부분 내가 화내는 역할이고 아내는 "옳지, 옳지" 하며 받아준다.

아이를 꾸짖고 화내는 육아 방식에는 찬반양론이 있다. 요즘에는 친구처럼 지내는 '사이좋은 부자'가 많아 우리가 어렸을 때와는 비교도 안 될 만큼 부모와 아이의 관계가 가깝다.

나도 부자의 사이가 좋은 것이 바람직하다고 여긴다. 부모가 필요 이상으로 권위를 내세워선 안 된다. 부자 관계와 친구 관계의 가장 큰 차이는 '의지할 수 있는가, 없는가'가 아닐까.

의지할 수 있는 부모가 되려면 부모 품안에서 아이가 안심할 수 있어야 한다. 그런 강함이 없다면 적어도 아이에게 최고로 든든한 아군이 되어주어야 한다. 그래야 아이가 자신감을 키운다.

다른 아이보다 일찍 아버지를 잃게 될 내 아들에게, 남은 모든 순간 자신감을 선물해주고 싶다.

아들이 가르쳐준 것

나의 마음을 아들에게 전하기 위해
사진가의 삶을 선택한 것 같다.

매일 청소를 하다 보니 아들이 따라 한다.

매일 사진을 찍다 보니 아들이 따라 찍는다.

무슨 일을 하든 "굉장해!", "잘하네!"라고 칭찬해주니

아들은 신나 하고 즐거워한다. '아이는 부모의 거울'이라

는 말이 딱 들어맞는 순간이다.

요전에 버스를 탔을 때의 일이다. 한 아이 엄마가 버스
에서 내리면서 운전기사에게 감사하다는 인사를 하라고
아이에게 재촉했다. 이제 막 유치원생이 됐을 법한 작은
아이였다.

"어서 '감사합니다' 하고 인사드려야지!"

화를 내는 듯한 약간 엄한 말투였다. '감사합니다!'는
온화하고 다정한 말인데, 마치 매뉴얼만 강하게 주입시키
는 것 같아 위화감이 생겼다. 아이에게 지시하지 않아도
엄마가 평소 버스 운전기사나 편의점 점원에게 "감사합니
다!"라고 웃으며 인사를 해왔다면 자연스럽게 아이도 따
라 하지 않았을까?

부모는 아이에게 많은 것을 가르쳐주려고 애쓰지만, 의
외로 아이가 부모에게 많은 것을 가르쳐주기도 한다.

아들은 지금껏 내가 몰랐던 것을 가르쳐주었다. 그것은
'좋은 사진이란 어떤 사진인가?'라는, 사진가인 나에게는

커다란 물음에 대한 답이었다.

열여덟 살, 우연한 기회에 사진을 찍기 시작했다. 학교에서 배우며 좋은 스승을 만났다. 사진 찍는 일을 하면서 가르치는 일도 겸했다.

견딜 만한 일도, 힘든 일도, 별로 하고 싶지 않았던 일도, 카메라를 사용해서 해왔다. 돈은 안 될지라도 찍고 싶은 사진을 많이 찍어왔다. 그러면서 큰 상을 받은 사진도 찍었고, 창피해서 두 번 다시 보기 싫은 어설픈 사진도 찍었다.

그런데 '좋은 사진이란 어떤 사진인가?'라는 물음에 대한 답은 찾지 못한 채였다.

암 선고를 받은 후로는 아들이 나중에 커서 봤을 때 "아빠는 나를 정말로 사랑했구나" 하는 내 마음이 전해지기를 바라며 사진을 찍고 있다. 지금의 내 마음이 그대로 아들에게 전해졌으면 한다. 그러기 위해 매일 사진을 찍는다.

아들의 웃는 얼굴이 귀엽다. 그림책《기관차 토마스》에 열중해 있는 옆모습이 귀엽다. 처음으로 온천에 가서 유카

타浴衣*를 입은 모습이 귀엽다. 뭘 해도 귀엽고 사랑스럽다. 눈에 넣어도 아프지 않다는 말이 실감난다. 지금까지 '좋은 사진이란 어떤 사진인가?'를 줄곧 고민해왔는데, 아들이 그 답을 알려주었다. 촬영자가 전달하고 싶은 마음이 정확하게 전해지는 사진, 그게 좋은 사진임을 이제야 깨달았다.

늦었으나 아직은 셔터를 누를 힘이 있으니 많이 늦지는 않았다.

서른넷에 암에 걸리다니, 너무 이르다. 그것이 내 운명이라면 사진가라는 직업으로 살아온 인생 또한 내 운명이다. 돌이켜보면 내 마음을 아들에게 전하기 위해 사진 찍는 인생을 선택한 것 같다. 이때를 위해 지금까지 사진을 배운 건 아닐까.

나는 오늘도 사진을 찍는다. 아들은 내 행동을 따라 하

• 일본 전통 의상으로, 주로 온천여관에서 목욕을 한 후나 축제 때 입는다.

려고 미소를 지으며 카메라를 만지작거린다. 카메라에 아들의 침이 잔뜩 묻곤 해서 조만간 어린이용 카메라를 아내와 셋이서 사러 갈 생각이다.

2장

:

고독과 친구에 대하여

:

:

아들에게 가르쳐주고 싶은 일

:

'부모의 잔꾀'는 삶의 한 방법이다

학교는 불합리함을 배우는 곳이다.

내가 어렸을 때 학교는 이상한 일이 가득한 곳이었다. 예를 들면, 싸움을 한 학생에게 "자, 악수하고 화해해라"라고 말하는 선생님이 이해되지 않았다. 서로 납득하지 못했는데 악수했다고 사이가 좋아질 리 없다.

누가 위인지 아래인지 정해놓은 스쿨 카스트*도 이상했다. 기준이 대충인데다 누가 정했는지도 확실치 않으면서 반드시 따라야만 하는 절대 규칙이었다. 또 '샤프펜슬은 위험하니 사용 금지'라든가 '수업 중에 계산기를 쓰면 안 된다' 등 선생님이 강요하는 규칙도 이해할 수 없는 것투성이였다.

어른이 사용해서 편리한 물건은 아이가 써도 편리하다. 혹시 현재 아이들에게 스마트폰을 사용하지 못하게 막고 있다면 금지하기보다는 현명한 사용 방법을 알려주는 게 낫다.

아무리 반을 바꿔도 반드시 존재하는 괴롭힘과 따돌림, 동아리나 집단생활의 후배 굴리기, 말에 모순이 있거나 인간적으로 미덥지 않은 선생님들. 학교에는 온갖 이상한 일이 가득하다.

어쩌면 학교란 불합리함을 배우는 장소가 아닐까 하고

• 인도의 신분 제도인 카스트 제도에서 따온 말로, 학교에서 학생들 간에 형성되는 서열, 계층 구조를 의미한다.

어른이 되고 나서 생각했다. 사회는 원래 불합리한데 이 사실을 모른 채 어른이 되면 그냥 당하고 만다. 내가 아들을 학교에 보내야 할 이유는 두 가지다. 하나는 나이에 맞는 경험을 하게 하려고, 다른 하나는 때가 되면 예방접종을 하듯 세상에 대한 면역력을 키우기 위해서다. 그 외에는 학교에 크게 바라지 않는다.

학교에서 배우는 공부는 큰 의미가 없다. 예를 들어 나는 한자를 잘 쓰진 못하지만 이렇게 컴퓨터로 글을 쓰고 있다. 필사적으로 옛날 왕의 통치 연호를 기억하지 않아도 그런 정보들은 몇 번의 스마트폰 터치로 쉽게 찾을 수 있다. 언어도 마찬가지다. "국제화 시대다, 영어는 반드시 해야 한다"라고 입을 모으지만, 컴퓨터의 자동 번역이 점점 더 발달할 테니 앞으로는 누구나 영어로 말할 수 있을 것이다.

원래 영어는 도구에 지나지 않고, 이를 사용해 무엇을 할지가 중요하다. 연필 사용법을 배운다 한들 좋은 문장을 쓸 수 있는 것은 아니며, 카메라를 사용할 줄 아는 것만으로 좋은 사진을 찍지는 못한다.

그런데 학교는 기술적인 부분만 알려줄 뿐, 어떤 이야기를 할지, 무엇을 찍을지, 무엇을 쓸지 같은 창의적인 부분은 가르쳐주지 않는다. 기술 습득이라면 학원으로도 충분한데 말이다. 이처럼 잠깐만 살펴봐도 학교에서 배우는 것은 불합리한 것이 많다.

학교에서는 공부 말고도, 도덕이라든가 '모두 사이좋게 지내요'처럼 속마음을 드러내지 않고 사람을 대하는 법을 가르쳐줄지는 모르지만 아이가 살아가며 알아야 할 것은 그런 게 아니다.

나는 부모로서 좀 더 현실에 맞는 '잔꾀'를 알려주고 싶다. 나쁜 사람이 알려주는 '잔꾀'는 사기지만 부모가 알려주는 '잔꾀'는 살기 위한 꼼수다.

'살아가기 위한 잔꾀'야말로 아이의 인생에서 훨씬 쓸모 있고 삶에 도움이 된다.

그러니 아들이 스스로 불합리함을 충분히 깨닫고 나서 "학교 가기 싫어"라고 말한다면, "괜찮아. 네가 좋아하는 걸 하면 돼"라고 말해줄 것이다.

적당한 불합리함은 예방접종이지만 과하면 사람을 망가뜨리는 독으로 변하기 때문이다.

'친구 100명'의 저주

친구가 많고 적고는
별로 중요하지 않다.

어렸을 때 이상하다고 느꼈던 노래가 있다.

'1학년이 되면, 1학년이 되면, 100명의 친구를 만들 수

있을까?'(⟨1학년이 되면⟩, 작사: 마도 미치오)

반 아이 모두와도 친구가 되지는 못하는데, 100명이나

친구를 만들겠다니 터무니없다. 나는 어른이 된 지금도 그냥 아는 사람은 100명이 넘지만 아무리 세어봐도 친구는 결코 100명이 안 된다.

어째서 어른도 할 수 없는 일을 당연하다는 듯 아이에게 강요하는 걸까?

사람에게는 서로 맞는 관계, 그렇지 않은 관계가 있다. 친구는 만들고 싶다고 해서 만들어지는 게 아니다. '모두 사이좋게 지내요'라는 불합리한 말이 오히려 압박으로 다가와 괴로워하는 아이들도 있다.

친구란 굉장히 소중한 존재인데 '많으면 많을수록 좋다'라는 말은 앞뒤가 맞지 않다. 친구가 많고 적고는 별로 중요하지 않다. 친구의 수에 연연할 필요는 없다.

중고등학교 시절에 매일 봤던 친구들을 지금은 거의 만나지 않고, 사진 학교 친구들도 거의 연락하지 않는다. 사람은 자신의 성장과 삶의 궤적에 따라 그때그때 새로운 친구나 인맥을 만들어간다. 요컨대 친구란 계속해서 바뀐다.

소꿉친구처럼 몇십 년을 친하게 지내는 친구가 주위에

있다면 좋은 일이다. 그러나 이 또한 '문득 돌아보니 유치원 때부터 육십 살까지 이 녀석과 친구였다'라는 결과론에 지나지 않는다. 스쳐 지나가는 상대라든가 실제로는 마음에 들지 않는 상대를 '친구'라는 이름으로 애써 붙들어둘 필요는 없다.

신인 사진가의 등용문 중 하나인 '니콘 유나21' 상을 수상한 계기로 내 작품이 단기간에 많은 미디어에 소개되었다. 일본 각지의 옛 해상 잔존물을 5년에 걸쳐 찍은 〈해상유적海上遺跡〉이라는 작품이다. 상을 받아 기뻤지만 한편으로는 인터넷에서 헐뜯는 사람들도 생겨났다. 나를 욕하는 글이 올라와 있더라고 누군가 알려주어 인터넷 게시판에 들어가 보니 "이 히로시란 인간은……"이라고 시작되는 글이 쓰여 있었다. 읽자마자 '글을 쓴 사람이 친구'임을 바로 알았다. 나를 '히로시'라고 부르는 사람은 친구 아니면 가족이다. 모르는 사람이라면 '이 하타노 히로시라는 인간은……'이라고 썼을 것이다.

상을 받았다고 해서 좋은 일만 있는 게 아니었다. 마찬가지로 친구가 있다고 좋은 일만 있는 것도 아니다. 기껏 해야 상, 기껏해야 친구. 전부 시시하게 느껴졌다.

친구는 절대적인 아군이 아니다. 상황과 입장에 따라 변한다. 아들에게 '아무도 믿지 마라'라고 말하지는 않겠 지만, 아들이 '친구는 소중하다', '동료는 멋진 길동무다' 와 같은 번지르르한 말에 묶여 의미 없는 관계를 맺거나 이어가지 않았으면 한다.

또한 고독이 두려워 좋아하지도 않는 친구에게 매달리 지 않기를 바란다. 물론 친구가 단 한 명이면 그에게만 매 달릴 우려가 있으니, 넓고 다양하게 교류하기 바란다. 아 울러 고독을 두려워하지 않는 사람이었으면 한다.

자신만의 규칙

"학교 대신 어디에 가고 싶어?"라고
아들에게 물어볼 것이다.
가고 싶은 곳이 학교가 아니어도 괜찮다.

2018년 봄에 사진전 〈잘 먹겠습니다. 잘 먹었습니다〉를
개최했다. 전시장에 메모지를 비치해 관람객이 감상을 쓸
수 있게 해놓았다. 감상이 적힌 메모지를 전부 집으로 가
져와서 살펴보니 2천 장이나 되어 두께가 상당했다.

작품에 대한 감상 말고도 메시지가 빽빽하게 쓰인 것도 있었다. 학교 동창생이 쓴 감상문이었다. 졸업 후 한 번도 만난 적이 없는 동창이다.

그는 등교를 거부해 한동안 학교에 나오지 않았고, 다시 나왔지만 늘 혼자였다. 나는 그때 그 애와 자주 함께했다. 친구가 쓴 메모지에는, 지금은 편집자로 일하고 있으며 아이도 한 명 있다는 근황과 함께 '고맙다는 말을 하고 싶어서'라고 쓰여 있었다.

중학생이었을 때 내가 그 애 곁에 있었던 것은 동정심 때문이 아니었다. 그 애와 이야기하면 즐거웠다. "학교 쉬는 동안 뭐하고 지냈어?" 같은 질문에 친구가 들려줄 이야기가 궁금했다.

학교에 다니기 싫은 부류였던 나에게 그는 용기 있는 사람이었다. 나는 등교 거부만 하지 않았을 뿐 학교는 불합리하다고 생각했고, 그곳에서 도망치고 싶었다.

이를테면, 운동회의 예행연습 따위다. 여러 날 연습을 하고 운동회 전날에는 실제와 똑같이 미리 해본다. 학부형들이 참관하는 학교 운동회는 그날 하루, 단 한 번으로 끝난다. 올림픽 정도의 규모라면 리허설을 할 수도 있겠지만, 그조차도 선수 전원을 모아서 하지는 않는다.

어느 날 예행연습을 강요당하는 이유를 생각해보니 부모님과 선생님을 만족시키기 위해서라는 생각이 들었다. 적어도 학생을 위해서는 아니다. 나는 그날 이후 연습에 나가지 않았다. 억지로 싫은 일을 하기보다는 서점에서 책을 읽는 편이 훨씬 낫다.

집단에서 벗어난 행동을 하면 배척당한다. 연습에 나가지 않자 선생님에게는 꾸중을 들었고, 반 아이들에게는 빈축을 샀다. 하나하나 의문을 품지 않고 모두가 하는 대로 따라 했더라면 쓸데없는 고생은 하지 않았을 것이다. 그러나 나는 그렇게 하지 않았다.

학교의 규칙에서 멀어지면 등교 거부 또는 불량 학생의 길로 나눠진다.

나는 하치오지ハ王子● 시내에 있는 고등학교에 다녔다. 하

● 일본 도쿄의 서쪽에 위치하는 소도시.

치오지에는 멸종 위기 부류인 폭주족이 있었는데, 엄청 촌스럽다고 생각했다. 폭주족의 세계에는 오토바이, 복장, 담배를 비롯하여 상하관계라든가 집단으로 줄지어 달리는 방식 등 수많은 규칙이 존재한다.

학교 규칙에서 벗어나려 했는데 폭주족이 되어 그들의 규칙을 따라야 한다면 아무런 의미가 없다. 물론 편의점에 몰려 있거나 폭음을 내며 떼 지어 가까운 국도를 달리는 폭주족 또한 그들만의 가치관에 맞춰 행동하는 건지는 모르겠지만.

나는 학교를 좋아하지 않았지만 아들이 "학교가 정말 좋아!"라고 말한다면 그것도 나쁘지 않다. 반대로 아들이 "학교가 싫어!"라고 말한다면 다니지 않아도 괜찮다.

하지만 학교에 가지 않는다면 "대신 어디에 가고 싶어? 뭘 하고 싶어?"라고 아들에게 물어볼 것이다.

학교가 아니어도 괜찮다. 가고 싶은 곳을 찾으면 된다.

학교에 반발한다는 것은, 아무런 의미 없이 주변 사람들에게 맞추기보단 '자신만의 규칙'이 싹트고 있음을 의미한다. 그 모습을 부모로서 지켜봐주고 싶다.

집단 따돌림과 괴롭힘에 대처하는 법

집단 따돌림과 괴롭힘의 피해자가 된 아들이
솔직히 털어놓고, 어깨를 기댈 수 있는,
그런 존재이고 싶다.

까치둥지 안에서도 집단 따돌림과 괴롭힘은 존재한다. 새끼 네 마리 중 세 마리가 힘을 합쳐 약한 새끼 한 마리를 괴롭히면, 나머지 세 마리가 먹을 먹이의 양이 확실하게 늘어나 생존 가능성이 높아진다.

멧돼지에게도 닭 무리에도 집단 따돌림과 괴롭힘이 있다. 그리고 인간에게는 어느 시대나 전쟁이 있었다.

집단 속에서 히에라르키^{Hierarchie}•를 만들어 강자가 약자를 괴롭히는 일은 동물적인 본능이다. 본능이라면 집단 따돌림과 괴롭힘은 절대로 사라지지 않는다.

나는 암으로 아버지를 잃은 아들이 집단 따돌림과 괴롭힘을 당하지 않을까 자주 걱정한다. 사람들은 "그런 일은 없을 거야"라고 말하지만 동일본 대지진 이후에 후쿠시마^{福島}••에서 피난 온 아이들이 따돌림과 괴롭힘을 당했던 것이 현실이다.

부모를 일찍 잃었다고, 피해를 입은 지역의 아이라고, 가난하다고, 공부를 잘 못한다고, 몸이 작다고, 내성적이라고, 그 이유는 다양하다. 집단은 '약한 곳'을 찾아내서 때려눕힌다. 그 바탕에는 '누가 강하고 누가 약하다'라는

• 독일어로 피라미드 꼴의 계급 지배 제도, 상하 관계가 엄격한 조직 및 질서를 뜻한다.

•• 일본 동북지방에 위치한다. 2011년 일본 동북부 지방을 관통한 대규모 지진과 쓰나미로 인해 이 지역의 원자력발전소에서 방사능 누출 사고가 일어났다.

승부를 겨루는 심리가 깔려 있다. 약한 아이를 괴롭히면 우월감이 들고 자신이 따돌림을 당할 염려도 없다.

또한 요즘은 '자기 책임'이라는 말을 좋아하는 사람이 많다. 생활보호를 받는 약자에게 '자기 책임', '사회적 민폐' 운운하며 집단적으로 심하게 비판하기도 한다. 자신이 즐겁게 살고 있지 않아서 오히려 남에게 엄격한 건 아닐까.

약자에게는 나름의 사정이 있다. 한 개인이 통제할 수 없는 상황이 많다. 그러니 아들이 온화함과 다정함을 가졌으면 좋겠다. 안타깝게도 아버지를 잃었다는 '약함'을 품고 살아가야 하는 아들에게 온화하지도, 다정하지도 않은 사회이므로 더더욱 그렇다.

또 아들이 애써 주변 사람들에게 맞추지 않고 자신만의 가치관을 가졌으면 좋겠다. 내 주변 사람들은 모두 재미있고 개성이 강해서 다양한 인물 집합소 같다. 독특한 그들은 다른 사람들과 보조를 맞추려 노력하는 이들보다 훨씬 빛나 보인다.

한편으로 '모두와 다르다'는 점이 따돌림과 괴롭힘의

원인이 될 수도 있다. 다양성이 중요하다고는 말하지만 다른 사람과 똑같기를 요구하는 사회에서 다양한 가치관을 인정받기 위한 길은 아직도 요원한 미래의 이야기다.

곰곰이 생각해보면, 시간이 흐를수록 아들이 따돌림이나 괴롭힘을 당할 가능성이 점점 높아진다. 학교 선생님들은 아들을 도와주기 어렵다. 두더지 잡기 게임처럼 괴롭힘 하나를 해결하면 또 다른 괴롭힘이 발생한다. 어마어마한 업무량을 짊어진 선생님 입장에선 따돌림과 괴롭힘을 당하는 아이들이 졸업할 때까지 조용히 있어주면 가장 편할 것이다.

반 친구가 아들을 도와줄 수도 있겠지만 그리 단순한 문제가 아니다. 나도 고등학교 시절에 따돌림과 괴롭힘을 당하고 금품을 빼앗긴 적이 있다. 내 물건을 바치라고 윽박질렀다. 상대는 〈도라에몽〉*에 나오는 퉁퉁이** 같은 망나

• 일본의 만화가 후지코 F. 후지오가 집필한 어린이 SF 만화.
•• 〈도라에몽〉에 나오는 인물로, 덩치가 크고 뚱뚱하며 또래 중 가장 싸움을 잘하는 동네 골목대장이다.

니였다. 그래서 아침에 일어나면 매일 배가 아플 정도로 학교가 싫어졌다. 얼마 지나지 않아, 나와 같은 중학교 출신의 학생이 말려주어 퉁퉁이의 괴롭힘은 끝이 났다. 하지만 이 이야기는 해피엔딩이나 그런대로 좋은 이야기로 끝나지 않았다.

말려준 아이는 나를 협박했던 일을 꼬투리 삼아 퉁퉁이를 협박해 금품을 빼앗기 시작했다. 단순하게 말하면, 나를 도와준 중학교 동급생은 퉁퉁이보다 더 나쁜 녀석이었다.

독에는 독으로 맞서는 편이 좋을지도 모르지만 아들은 부디 독을 품지 말기를 바란다.

그렇다면 어떻게 하면 좋을까?

나는 아들을 따돌림과 괴롭힘에서 지킬 방법으로 세 가지를 생각했다.

첫 번째는 애정을 쏟아주는 것이다. 따돌림과 괴롭힘 문제는 단순하지 않아서 아이가 피해자가 아닌 가해자로 바뀔 가능성이 있다. 아들은 또래에 비해 몸집이 크고 힘이 센 편이어서 그럴 가능성을 무시할 수 없다.

가해자 아이에게 이야기를 들은 적이 있는데, 남을 괴롭히는 아이 대부분이 애정 결핍이라고 한다. 그렇다면 부모가 어떻게 하느냐에 따라 가해자가 되는 것을 막을 수 있으리라. 아들에게 무한한 애정을 쏟으려 노력한다. 아내와 나는 부모이니 당연한 일이기도 하다. 따돌림과 괴롭힘을 당하고 있다면 솔직하게 털어놓고 도움을 청할 수 있는 당당한 아이로 키우고 싶다.

두 번째로 상대에게 자신의 의견을 표현할 수 있게 말하는 힘을 길러주고 싶다. 어른의 힘을 빌리지 않고 아들 스스로 자신의 문제를 해결할 수 있다면 가장 바람직하다. 서로 대화를 해서 해결한다면 비용도 들지 않고 정신적으로도 좋은 경험을 할 수 있으며 이는 아들을 성장시켜줄 것이다.

나는 여성에게는 상대방을 이해하는 '공감력'이 있고, 남성에게는 상대방이 이해하지 못하는 부분을 해결해주는 '문제해결력'이 있다고 생각한다. 아들이 이 두 가지 힘을 기른다면 적어도 '자기 책임'이라는 차가운 말로 약자를 괴롭히는 사람은 되지 않을 것이다.

스스로의 힘으로 해결한다면 가장 바람직하겠지만, 그리 쉬운 일은 아니다. 그러므로 세 번째로 싫어하는 사람에게서 도망치는 법을 알려주고 싶다. 어떤 방법으로도 해결할 수 없다면 자신이 망가지기 전에 도망치는 것이 현명하다. 도망치는 방법을 알아두는 것 역시 중요하다.

어떻게 해도 해결할 수 없다면 마지막으로 부모가 개입해야 한다. 따돌림과 괴롭힘은 범죄이므로 경찰이나 사법기관의 힘을 빌려야 할 수도 있다. '악수해서 화해'라라는 허울 좋은 말로 얼버무려서 소중한 우리 아이를 피해자로 만들진 않겠다.

'아이들 싸움에 부모는 끼지 마!'가 정답일 수도 있지만 모든 경우에 다 들어맞는 건 아니다. 어른들조차 분쟁이 생기면 다른 사람에게 상담하거나 경찰과 변호사의 힘을 빌리는데 아이들끼리 싸우게 놔둘 수는 없다.

그리고 법이란 결코 약자의 편이 아니다. 많이 아는 사람의 편이다. 간단하다. 전문가에게 맡길 여력이 없다면 인터넷 또는 스마트폰 검색을 통하여 간단하게 법을 알 수도 있다.

아버지로서 계속 지켜주지 못하니, 아들이 스스로를 지킬 방법을 알아두었으면 한다.

싫은 사람에게서 도망치는 법

싫은 사람에게서 도망치는 가장 좋은 방법은
스스로 자신감을 갖는 것이다.

"싫은 아이가 있어"라고 아들이 말한다면, 나는 "친구들
과 사이좋게 지내야 해"라고 간단히 답하진 않을 것이다.

주변에 싫은 사람이 있는 건 당연하고, 노력한다고 좋
아지지 않는다. 나는 '누구나 다 친하게 지내는 방법'이 아

니라 '싫은 사람에게서 도망치는 방법'을 알려주고 싶다. 아이에게 도움이 되는 부모의 잔꾀 중 하나다.

나는 예전부터 싫어하는 사람과는 가능한 한 만나지 않았지만, 최근에는 더욱 철저히 피한다. 얼마 남지 않은 인생, 싫어하는 사람까지 만날 시간은 없다.

사진 업계에 한정된 이야기는 아니겠지만, "난 대단해!"라며 자기만족에 빠져 있는 사람 가운데 나이를 먹으면 차마 눈뜨고 볼 수 없을 만큼 가증스러워지는 이들이 있다. 나는 그런 사람이 정말 싫다. 그런 사람은 해를 거듭할수록 실력은 전혀 늘지 않고, 자만심만 높아진다. 그런데도 "내가 젊었을 때는……"이라며 자신이 생각하는 '정석'을 강요한다. 당황스러움을 누르고 듣고 있자면 "다 너를 위해서야"라고 밀어붙인다. 결국 그 사람의 '자기 긍정'을 위한 잘난 척에 불과하다.

예전에는 그 말이 옳았을지도 모른다. 그러나 모든 것은 변하고 갱신된다. 가전제품과 똑같다. 나중에 나온 물건이 더 훌륭하다. 나도 20대 사진작가들의 작품을 볼 때마다 '감성도 좋고 기법도 새롭다. 대단하다'라고 느끼곤 한다.

그런데 나이나 경험을 내세워 "내가 옳아. 내 방식대로 따라 해!"라며 무조건 밀어붙이는, 싫은 사람들이 끊이지 않는다. 그들이 자주 하는 "예전에는……"이라는 말도 정말 조심해야 한다.

그 외에도 싫은 사람의 부류는 다양하다. 무엇보다 '온화하지 않고 다정하지 않은 사람'이 가장 싫다.

아들에게 '싫은 사람은 철저하게 피하라'고 말해주고 싶다. 나는 싫어하는 사람에게서 일 의뢰가 들어오면 무조건 거절한다. 좋은 기회를 놓칠지라도 싫어하는 사람과는 적당한 거리를 두는 것이 좋다. 나 자신이 온화하고 다정한 사람으로 살려고 노력하면, 다른 온화하고 다정한 사람과 어울릴 기회가 반드시 찾아온다고 믿는다.

반대로 "그래도 일이니까"라든가 "인맥은 소중하니까"라며 싫은 사람의 이야기를 힘들게 듣고 있거나 적당히 맞춰주다 보면 그의 가치관이 내게 전염되어 나 자신도 싫은 사람으로 변한다고 생각한다.

회식에서도 싫은 사람이 있으면 나는 유리잔을 들고 일어나 자리를 바꾸는 척하며 조용히 집으로 돌아와 버린다. 유리잔은 가게 입구에 놔두고서.

하는 수 없이 싫은 사람의 이야기를 들어야 할 상황이라면 듣는 척하며 다른 일을 생각한다. 예를 들어 눈앞의 커피 잔을 바라보며 '하얗고 반들반들하군. 옛날에 자주 다녔던 레스토랑 것과 똑같아'라든지. 그렇다. 현실도피다. 잠시나마 그 상황에서 벗어나는 것이다. 눈앞에 펼쳐진 상황과는 별개로 마음만은 자유로우니 어디로든 도망칠 수 있다.

이런 나도 꽤 힘겨워하며 싫은 사람에게 맞춰주던 시절이 있었다. 당시엔 정말 괴로웠다. '싫은 사람에게서 도망치자'라고 생각을 바꾸게 된 계기는, 나 스스로 자신감을 가졌기 때문이다. 자신감이 없던 시절의 나는 싫은 사람이 하는 무의미하고 고압적인 얘기를 조언으로 받아들였다.

상대방의 진의를 판단하지 못한 탓이다.

그러니 싫은 사람에게서 도망치는 가장 좋은 방법은 자신감을 갖는 것이다.

'온화하고 다정한 사람'을
발견하는 법

소중한 사람은 능력이 아닌
온화함과 다정함을 기준으로 선택해야 한다.

사기를 당했다는 어느 여성의 이야기를 들었다.

그녀는 결혼 1년 차 새댁으로, 남편은 좋은 회사에 다니고 있었는데 최근 직장생활이 힘들다며 그만두었다. 그 후 남편은 푸드 트럭을 사서 이동식 카페를 시작해보겠다고 했다.

"가정이 엄청나게 불안정해지겠죠. 결혼 전에는 한마디 말도 없었는데, 이제 와서 달라지다니! 이건 사기 결혼이에요."

나는 가슴이 아파왔다. 그 여성은 회사를 그만둬야 할 정도로 고통스러웠을 반려자의 아픔은 무시하고, 카페를 하겠다는 계획도 부정한 채 자신의 안위만을 걱정했다. '이런 사람과 결혼하지 않아서 나는 얼마나 다행인가'라며 숨을 몰아쉬었다. 저 여성과 결혼했더라면 틀림없이 "건강하다고 해서 결혼했는데 암에 걸리다니, 이건 사기 결혼이야"라고 나를 비난했으리라.

아들이 커서 결혼을 하든 안 하든 상관없지만, 한다면 상대방의 조건만 보고 선택하지 말길 바란다. 굳이 말하지 않아도 알겠지만 많이 사귀어보고 천천히 자기와 맞는 사람을 찾았으면 좋겠다. 한 명밖에 사귀지 않았다면 비교 대상이 없어 온화하고 다정한 사람인지 알 수가 없다.

나도 몇 명의 여성과 사귀어보았지만, 지금 되돌아보면

그 여성들과 결혼하지 않은 것을 다행으로 여긴다. 다들 좋은 사람이고 사귀는 동안 즐거웠지만, 그 과정에서 헤어졌으니 결혼할 상대는 아니었던 것이다.

나는 그동안 사귀었던 여성 중에서도, 잘 알고 지냈던 사람들 중에서도, 가장 온화하고 다정한 이와 결혼했다. 바로 지금의 아내다. 아내는 일이 서툴고, 못하는 일도 많았다. 아내가 못하는 일은 내가 보완하면 된다고 생각했다.

그런데 암에 걸린 후 몸을 가누기 어려워지면서 깨달았다. 지금은 할 수 없게 된, 내가 그동안 해오던 일을 아내가 보완해줄 수 있음을.

'작품 데이터 관리를 컴퓨터도 잘 모르는 아내에게 부탁한다는 건 말도 안 돼'라고 생각했지만, 알려주니 잘했다. 아내는 다른 일도 척척 잘해냈다. 아프기 전 나는 아내를 과소평가하고 있었던 것이다.

일을 잘하고 못하고는 상관없다. 사람의 능력은 바뀐다. 또한 잘하던 일도 병에 걸리면 할 수 없다. 그리고 사람은 나이가 들며 성장할 수 있다.

아들에게 결혼 상대뿐 아니라 '온화하고 다정한 사람'인지 아닌지 구분하는 두 가지 방법을 알려주려 한다.

하나는 고민을 상담할 때 어떻게 답하느냐다. 고민에 어떻게 반응하는지는 자신의 인품을 투영하는 리트머스 시험지와 같다. 고민하는 사람에게 자신의 답을 강요하지 않는다. 상대방의 의견을 일단 받아들이고 가만히 등을 밀어주는 사람이 온화하고 다정한 사람이다.

다른 하나는 약한 사람에게 어떤 식으로 대하는가다. 자신보다 약한 존재에게 세게 나오는 사람은 아이라는 약한 존재도 함부로 대할 수 있다. 이런 사람은 '다정한 학대'를 범할 우려가 있으니 조심해야 한다.

이 두 가지는 결혼 상대뿐 아니라 우리가 살면서 만나는 상대방의 됨됨이를 살펴볼 때도 도움이 된다.

알아주길 바라는 마음

자신의 말로
상대에게 마음을 전하는 방법을
아들이 알았으면 한다.

아버지와 어머니는 누구보다 자식에게 소중한 존재이
기를 바란다. 아들에게는 가족 말고도 친구든 애인이든 스
승이든 소중한 사람이 생길 것이다. 언젠가는 결혼을 하고
가정을 이룰 수도 있다.

나는 아들에게 가족이 아군이자 가장 가까운 사람이며, 마음을 놓을 수 있는 존재이길 바라지만, 아무리 가족이라도 '말하지 않아도 알 거야'라고 어림짐작해선 안 된다고 말해주고 싶다. 아무리 친한 사이라도 자신의 말로써 상대에게 마음을 전하는 법을 아들이 알았으면 한다.

암 환자에게는 흔한 일이지만 암에 걸리면 오히려 가까운 사람들이 건네는 말 때문에 고통 받을 때가 많다. 나도 예외는 아니었다. 가까운 사람들의 말과 행동 때문에 상처받았고 힘들었다. 악의가 아니라는 것도 알고 사소한 일이지만, 싫은 건 싫은 거다.

예컨대 '남은 인생을 어떻게 보낼 것인가'라는 이야기를 아내와 하고 있을 때였다. 아내는 입으로는 대답하고 있었지만 눈은 텔레비전 화면을 바라본 채였다. 조금밖에 남지 않은 내 인생을 마주하기 무서워서 그랬을지도 모른다.

정신적으로 괜찮았고 진통제도 사용하고 있었으니 내 겉모습은 건강해 보였을 것이다. 게다가 매일 얼굴을 마주하니 익숙해져서 암에 걸렸다는 사실을 잊어버리고 건강한 시절과 똑같은 기분으로 대했을 수도 있다.

하지만 나는 몸이 급격하게 나빠져서 우울한 상태였다. 중요한 이야기를 나누고 싶은데 텔레비전만 바라보는 아내에게 짜증이 났다. 아내는 아내대로 갑자기 남편이 암에 걸렸으니 그 스트레스를 견디느라 힘들었을 것이다. 그날 우리는 부부싸움을 하듯 언짢은 말을 주고받았고, 결국 서로의 마음을 아프게 했다.

그 후로 나는 내 나름대로 아내에게 확실하게 의견을 전하기로 했다. 예를 들어 예전부터 아내는 "굉장히 안 좋은 소식이 있어"라고 말하곤 했는데, 이야기의 분위기를 높이려는 입버릇이다. 내가 건강했을 때는 '어차피 별거 아닐 텐데 뭐'라고 여유를 부리며 다음 말을 들어주었다. 그러나 지금의 내 몸과 마음 상태로는 그런 말을 들으면 깜짝 놀라고 심각해진다.

그래서 이젠 아내가 그 말을 할 때마다 "그런 식으로 말하지 말아줘"라고 직설적으로 힘주어 말한다. 아내가 강한 내 말투에 상처 받으면 어쩌나 하는 배려나, 가족이니 세세히 말하지 않아도 이심전심으로 알아주겠지 하는, 어정쩡한 태도는 일을 쓸데없이 복잡하게 만들 뿐이다.

내가 직설적으로 말하면 잠시 아내와 서먹서먹할지도 모른다. 그렇다고 얼버무리면 둘의 관계는 더욱 악화될 게 뻔하다.

아들도 의견을 확실하게 말하는 사람이기를 바란다. 그렇게 키우려면 먼저 부모인 나와 아내가 말로 확실하게 전달하는 자세를 보여야 한다. 폭력을 휘두르는 방식 말고는 제대로 마음을 표현할 줄 모르는 부모 아래서 자란 아이가 어른이 되면 자신도 마음을 표현하기 위해 폭력을 휘두른다. 아이는 부모에게 보고 배운 대로 행동한다. 이처럼 부모의 폭력은 아이에게로 이어진다.

아들에게 "말로 자신을 확실하게 표현하는 사람이기를 바란다"고 알려주고, 더불어 "아무리 잘 표현했어도 상대가 모든 걸 다 이해해주지는 않는다"는 것도 말해주고 싶다.

자신을 가장 잘 이해할 수 있는 사람은 그 누구도 아닌

바로 자기 자신이다. 결국 답은 자신이 내야 한다.

　마찬가지로 자신을 구할 자도 자기 자신이다. 쉽지 않겠지만, 이 사실을 잘 받아들이며 살아가기를 바란다.

혼자 떠나는 여행

사람은 누구나 고독을 두려워하지만
고독은 필요하다.

20대 중반 무렵, 중고차를 사서 시간만 나면 일본 여기
저기를 돌아다녔다. 차 안에서 숙식이 가능한 밴을 샀는
데, 십오만 엔짜리 너덜너덜한 차였다. 사진을 찍고 싶기
도 했고 집을 떠나 밖에서 지내고 싶기도 했다. 집안 분위

기가 나빠서가 아니라 그 또래의 청년이 어머니랑 누나와 함께 집에 처박혀 "와, 즐겁다!" 하는 광경도 이상하지 않은가.

산속, 바다에 떠 있는 섬, 빈곤 지역 등 가리지 않았다. 역에 가면 전철이 오고, 배가 고프면 편의점에 가서 식사를 할 수 있는 '도쿄의 당연함'이 통하지 않는 지역만을 골라 혼자서 여행을 했다. 정보를 통해 머릿속으로는 알고 있어도 직접 가서 눈으로 보면 다르다. 어쨌든 난 '아는 것만으로는 부족해'가 삶의 모토인 듯 직접 행동하고, 경험하고, 이해하고 싶었다.

깊은 산속, 사람이 아무도 없는 곳에서 고독해지면 원숭이 한 마리가 튀어나왔을 뿐인데도 참으로 사랑스러웠다. 신기할 것도 없는 다람쥐라도 "와, 다람쥐다!"라며 감탄했다. 혼자가 되면 감각이 예민해지고 감수성이 풍부해진다.

혼자 떠나는 여행을 계속하다 보니 어느새 소리 내어 혼잣말을 하는 행동도 자연스러워졌다. 처음에는 '뭐야,

내가 이상해졌나?'라고 생각했지만, 영화에서도 보면 주인공이 고독할 때는 곧잘 혼잣말을 한다.

몹시 고독해지면 고독을 견디기 위해 자신과의 대화를 시작한다. 자신과는 늘 붙어 있으니 자기 자신을 싫어하는 사람이라면 참기 어려울 듯하다.

그런 의미에서 혼자 떠나는 여행은 자신을 알게 되는 귀한 시간이다. 자신이 어떤 사람인지 깊이 살펴볼 기회인 셈이다.

암에 걸린 후로는 가까운 사람이 많은데도 고독감이 밀려왔다. 곧 죽는다는 사실은 고독과 마주하게 한다. 커다란 무게로 짓누르는 고독감을 그나마 견딜 수 있는 것은 그동안 혼자 여행하며 고독과 마주했던 덕이며, 지금까지 행동하고 경험하며 내 안에 다양한 것을 축적해왔기 때문이다.

그러므로 아들에게 "여행은 참 좋은 거란다. 세상에서 많은 것을 얻을 수 있지"라고 알려주고 싶다. 혼자 여행하며 철저하게 고독한 자신과 마주한다는 것은 자신을 알고 뭔가를 얻게 되는 값진 경험이라고.

좋아하는 여자 친구와 여행하면 즐겁긴 하지만, 그것은 여행이라기보다는 며칠간 외박을 하는 데이트와 같다. 해외로 여행을 떠난다 해도 친구와 같이 가면 그곳이 남극이든 북극이든 도쿄의 커피숍에 앉아 수다를 떠는 것과 다름없다. 그런 여행은 아무런 의미가 없다. 고독을 맛보는 과정이 빠져 있다.

또한 혼자 여행하면서도 늘 스마트폰을 들여다보고 있다면 고독과 마주했다고 할 수 없다. 나도 종종 들여다보았지만 아들은 스마트폰을 주머니에 넣어두고 여행하기를 권한다.

사람은 누구나 고독을 두려워하지만, 고독은 필요하다. 언제, 어느 때나 같이 있고 마지막까지 함께하는 자는 자기 자신뿐이기 때문이다.

인도 사진가의 가르침

다른 이의 시선에 신경 쓰지 말고
자신만의 경험에 집중한다면,
그것은 반드시 자신감으로 이어진다.

나는 여행 가서 찍은 사진을 몇 번이고 다시 꺼내 보곤
하는데, 그래도 당시의 감동이 전부 되살아나진 않는다.
바람소리, 냄새, 온도와 습도, 그 모든 감각을 담기에 사진
은 불완전한 도구다. 사진은 오감 중 시각만을 사용한다.

그조차도 충분히 활용하지 못한다. 인간의 시야는 180도 정도이지만 사진으로 찍으면 그보다 훨씬 좁아진다. 사진으론 알 수 없는 것들이 많다. 그렇기에 여행이라는 경험은 중요하다.

그런데도 많은 사람이 '모두와 똑같은' 사진을 찍고서는 여행을 잘한 것처럼 생각한다. 혼자 세계 일주를 하고, 예를 들어 볼리비아 서남부에 있는 우유니Uyuni 소금사막에 뛰어드는 모습을 사진으로 남겼다 한들 그것은 디즈니랜드에서 노는 것과 별반 다를 바 없다.

우리는 왜 '모두와 똑같은'이라는 주술에 걸려 있을까? 아마도 다른 사람의 시선에 신경을 쓰기 때문이며, 자신이 없기 때문은 아닐까.

나는 첫 해외여행에서 그것을 깨달았다. 인도를 한 달간 혼자서 여행했다. 일본밖에 모르던 나는 강가에 사람 시체가 굴러다니는 모습에 놀랐고, 들개가 그 시체의 내장을 뜯어 먹는 모습에 충격을 받았다.

일본이라면 큰 화젯거리였겠지만, 윤회를 믿는 정신세계를 가진 인도인은 사람이 죽는 것을 크게 슬퍼하지 않는다. 웃고 먹고 일하는 일상생활에 죽음이 턱하니 놓여 있는 것이다.

인도는 IT 대국으로도 불린다. 하지만 대다수 인도인은 가난해서 컴퓨터가 오래되고 낡았으며, 운영체제 역시 오래된 모델을 사용하고 있었다. 카메라를 가진 사람도 거의 없었다. 바가지를 쓰기도 하고 속기도 했지만 인도를 알고 나서 마음이 조금 너그러워졌다. 그동안 몰랐던 그들의 가치관을 접하고 나니, 보편적인 세계로까지 시야가 넓어졌다.

가장 놀란 일은 우연히 들어간 서점에서 발견한 사진집을 본 것이다. 갠지스 강이나 강가에 굴러다니는 시체 같은 인도다운 작품이 아니었다. 평범한 일상을 찍은 사진이었지만 모두 뛰어났다.

나는 누군가를 찍으려 할 때 조금이라도 피사체, 즉 상대를 긴장하게 만든다. 그리고 피사체와 나 사이에 카메라라는 이물질이 끼어든다.

그런데 그 사진들은 마치 투명 카메라로 찍은 듯했고, 사진 속 사람들과 직접 접하고 있는 듯 생생하고 신비로웠다. 세계적으로 저명한 인도 출신의 사진작가 라구 라이 Raghu Rai, 1942~*의 작품집이었다. 그의 사진을 보고 나는 '일본을 찍자'고 마음먹었다.

당시 나는 '일본인이 간 적 없는 해외에서 사진을 찍는다면 굉장한 작품이 나올 수 있고, 손쉽게 발표도 할 수 있지 않을까'라는 안일한 생각으로 셔터를 누르고 있었다. 다른 사람이 유우니 소금사막에서 점프하는 사진을 찍은 것과 마찬가지로 부끄럽지만 나 또한 인도에서 시체 사진을 찍었다.

인도의 사진은 인도인이 찍어야 하고, 일본의 사진은 일본인이 찍어야 한다. 자신이 잘 이해하고 있는 것을 자신의 눈으로 찍어야 사람들의 마음에 닿을 수 있다. 이런

• 인도 사진의 아버지라 불린다. 지난 50여 년 동안 인도를 찍었고, 정치 갈등부터 사람들의 일상에 이르기까지 인도 역사의 주요 현장을 포착해왔다. 보팔 참사, 인디라 간디, 테레사 수녀와 달라이 라마를 담아낸 그의 사진은 세계적으로 유명하다.

당연한 사실을 나는 라구 라이의 사진에서 배웠다.

라구 라이는 사진이란 단순히 기술이나 기교가 아니라는 사실도 알려주었다. 일본은 광학 기술이 발달되어 있다. 사진가가 아니라도 일본인들은 카메라를 좋아해서 일안$^{Single-lens}$ 리플렉스 카메라를 하나씩은 갖고 있고, 어디서든 구도가 나오는 곳이라면 일본인이 훨씬 잘 찍는다.

그러나 실제로는 일본 사진의 수준이 훨씬 낮은 게 아닐까? 카메라를 가진 사람이 극소수인 가난한 나라의 사진이 훨씬 우수한 게 아닐까?

나는 그 수준이 경험의 차이에서 나온다는 결론을 내렸다. 가난한 나라, 혹독한 조건에서 사는 경험이 사진에 살아 있었다. 그러자 나는 '아는 사람만 알아주는' 사진가 동료들 사이에서 평가받는 '좋은 사진'을 찍어봤자 아무 의미가 없음을 깨달았다.

기술이나 기교로 찍은 사진이 사람들 마음에 와 닿을 리 없다. 우물 안 개구리가 되고 싶지 않았다. 사진이 그저 기술이나 기교가 아니라면 더욱 연마해서 자신감부터 가져야겠다고 굳게 마음먹었다.

일본 언론의 카메라맨이 플래시를 터트리는 이유는 현장이 어두워서가 아니다. 다들 플래시를 터트리기 때문에 혼자 튀고 싶지 않아서다. 직속 상사나 주변 사람들의 시선을 의식해서일 수도 있다. 구도라든가 '좋은 사진'의 정의를 고집하는 사람이 많은 이유도 주변 시선을 신경 쓰기 때문일 것이다.

다른 사람의 시선을 의식하는 버릇은 자신의 시야를 그만큼 좁혀버린다. 아들에게 사진가의 길을 권하는 것은 아니지만 이것만큼은 알아두었으면 한다. 남의 시선에 신경 쓰지 말고 자신만의 경험에 집중해보라고. 그것은 반드시 자신감으로 이어진다.

자신 있고 유머러스한 사람이 되면, 가까운 곳에서 재미있는 것을 발견하고 재미있는 사진을 찍을 수 있다.

다행히 지금 나는 재미있는 일을 찾아 열중해 있다. 아들이라는 최고의 피사체다. 민들레 솜털에 입을 대고 재미있다는 듯 신이 나서 몇 번이고 호호 불고 있는 아들, 먹이를 나르는 개미를 언제까지나 바라보고 있는 아들, 아이에게는 유치원에 가는 길조차 여행이다.

아들에게 다양한 것을 가르치려 했는데, 오히려 내가 아들에게 배우는 중이다.

재미있는 사람

재미있는 사람은 자신감이 분명하여
다른 사람의 시선에 신경 쓰지 않는다.

얼마 전 효고 현 고베 시兵庫縣新戶市에 사는 심장병을 가
진 남자아이가 만나고 싶다는 연락을 해왔다. 현재 열세
살인데 심장병으로 인해 대략 열여덟까지밖에 살 수 없다
고 했다. 아이의 생일에 만나기로 하고, 약속 당일 사이토

하루미치齋藤陽道 씨와 같이 갔다. 그는 큰 상을 많이 받은 동년배의 사진작가로 귀가 들리지 않고 말을 잘하지 못했다.

사이토 씨가 챙겨 온 생일선물은 우주도감이었다. 앞으로 살날이 얼마 남지 않은, 언제 죽을지 모르는 열세 살 남자아이에게 "세상은 넓단다"를 뛰어넘어 "우주는 넓단다"라고 전하고 싶었던 걸까. 다양한 행성과 우주가 존재하고 그 속에 지구가, 지구 속에 일본이 있다. 사이토 씨는 아이의 세계관을 바꿔주고 싶었는지도 모른다.

그는 그릇이 큰 사람이다. 그의 마음 씀씀이에 감동했다. 그래서인지 사이토 씨의 사진도 스케일이 크게 느껴졌다.

아들이 사이토 씨처럼 재미있는 사람이 되었으면 한다. 어려서부터 뭔가를 표현하고 전하는 일이 얼마나 힘든지를 경험했기에 사이토 씨는 재미있는 사람이 되었다.

내가 생각하는 재미있는 사람이란 경험이 풍부하지만, 그것만이 다가 아니다. 자신감이 있고 남의 시선에 신경쓰지 않는다. 다른 사람의 비판에 꺾이지 않으며 남의 의견에 좌우되지 않는다. 그런 사람의 말과 행동은 재미있다. 그런 사람이라면 자신이 하고 싶은 일을 찾을 수 있다. 누가 뭐라 해도 자신에게 재미있는 일이 무엇인지 잘 알고 있기에 가능하다.

재미없는 사람은 그 반대다. 남의 시선에 신경을 쓰고, 남의 의견에 흔들린다. 요즘 뭐가 유행인지, 다른 사람이 무엇을 좋다고 하는지를 살피고, 심지어 "이건 안 돼"라고 말하면 "안 되는구나"라고 곧이곧대로 받아들인다.

아들이 그런 재미없는 사람이 되지 않으려면 부모가 먼저 재미있는 사람이 되어야 한다.

또 재미있는 사람은 대화의 달인이다. 자신이 아무리 잘났어도 절대로 자랑 따위는 하지 않으며, 상대가 원하는 이야기를 해준다. 그래서 많은 사람이 그런 사람의 말에 귀를 기울인다.

재미있는 사람의 대화는 상대를 배려한다. 상대를 얕보지 않는다. '상대방이 원하는 것'이라는 큰 줄기에서 다양한 이야기로 가지를 치며 즐겁게 할 만큼 큰 대화의 창고를 가졌다. 요컨대 많이 알고, 많은 경험을 해온 것이다. 나는 아들이 다양한 것을 경험해보고 책과 음악, 예술을 풍성하게 접했으면 한다.

재미있는 사람이 되는 방법이나 대화를 잘하는 방법은 살아가는 데 꼭 필요하지만 학교에서 가르쳐주지 않으니 아들에게 내가 알려주어야 한다.

재미있는 사람이 되려면 주변에 재미있는 사람이 있는 것이 가장 이상적이다. 분명 찾아보면 가까이에 있다. 나는 아들과 산책하다가 재미있는 사람을 발견하면 일부러 말을 건넨다. 최근에는 30년 경력의 장인匠人에게 벽 칠하는 비법을 들었는데 굉장히 흥미로웠다.

부모가 부담 없이 말을 거는 모습을 보고 아들도 따라 할 것이다.

자신감을 갖는 법

큰 성공보다는
작은 성공의 경험을 많이 쌓아
칭찬을 받으면 자신감으로 이어진다.

한밤중에 일어나 물의 온도를 재고 분유를 타고 목을 받쳐주며 먹인 다음 트림을 시켜주었던 아들이 두 살이 된 지금은 컵에 따라준 보리차를 혼자 마신다.

육아는 아들의 성장과 함께 하루하루 편해지고 있다.

아들은 점차 스스로 할 수 있는 일이 늘고 있다. 혼자 해낼 때마다 아들을 칭찬한다. 보리차를 흘리지 않고 마시면 칭찬하고, 직접 양말을 신으면 박수를 쳐준다.

칭찬은 자신감을 길러주는 자양분이다. 자신감은 소중하다. 자신감이 없다면 남의 시선에 신경을 쓰느라 재미있는 사람이 되지 못한다. 또 여유가 사라져 온화하고 다정한 사람으로 성장하지 못한다. 작은 일부터 칭찬해주어 자신감 있는 아이로 키우고 싶다.

나는 칭찬을 받은 적이 없는 아이였다. 자기 긍정감도 전혀 없었다. 시대 탓이라고 생각하지만 부모님과 선생님에게 칭찬 한 번 받지 못하고 성장했다. 그래서 좋아하는 일이나 하고 싶은 일을 좀처럼 찾지 못했다. 아직도 부족하지만 사진가로서 조금 성공했다고 할 수 있다. 하지만 바닥에서 맴돌던 시절에는 '그저 시시하게 살다가 끝나는 건 아닐까' 하는 불안감에 휩싸여 있었다.

자기 긍정감이 생긴 것은 니콘 상을 받고 나서부터다. 부모 세대가 볼 때 신문이나 잡지에 아들 이름이 실리는 건 큰 사건이고 경사였는지 굉장히 기뻐하며 칭찬해주셨다. 그렇다고 바로 자신감이 생긴 것은 아니었다. 오히려 '손바닥 뒤집듯 태도가 바뀌는군'이라는 생각이 들었다. 다만 내 안에 웅크리고 있던 인정 욕구를 만족시켜주어 자기 긍정감이 조금씩 생겨났다.

인정을 받고 나면 그저 통과점이라는 것을 알게 되지만, 받지 못하면 그조차도 알지 못한다. 또한 자신의 인정 욕구가 채워지지 않으면 다른 사람을 칭찬하지 못한다.

자기 긍정감이 없는 사람은 뭔가 자신의 인정 욕구를 채울 수 있는 행동을 하면 바뀌지 않을까.

하지만 나는 아들에게 자신감을 갖게 하려고 상을 타라고는 절대 말하지 않을 것이다. 상을 받는 것도 그렇지만 여간한 일로는 대중 매체에 소개되는 경우가 드물기 때문이다.

큰 성공보다는 작은 성공의 경험을 차근차근 쌓아 그것으로 칭찬받으면 자신감으로 이어진다.

내가 생각하는 성공이란 소박하다. 나는 자주 스스로를

마음속으로 칭찬했다. '그래그래, 오늘도 잘했어'라며 밤에 잠들기 전이나 혼자 있을 때 나 자신을 칭찬했다. 실패했을 때는 실패의 원인을 돌아보고, 잘했을 때는 스스로를 칭찬했다.

지금이야 나와 아내가 아들을 칭찬해주지만, 좀 더 자라면 아들이 스스로를 칭찬할 줄 아는 사람이면 좋겠다. 칭찬받기에 익숙해지면 다른 사람에게 칭찬을 받았을 때 "그렇지 않습니다", "빈말은 안 하셔도 됩니다"라며 부정하거나 칭찬해주는 마음을 의심하지 않게 된다.

자기 자신을 칭찬해서 자신감이 생기면, 타인도 칭찬할 수 있다. 자신감 있는 재미있는 사람이 서로서로 칭찬하는 세상이야말로 행복한 풍경이 아닐까.

3장

:

꿈과 일과 돈에 대하여

:

:

아들에게 알려주어야 할 것들

:

꿈과 일과 돈의 관계

꿈을 이루기 위해
돈과 일이라는 도구가 있다.

나는 에마繪馬*를 좋아한다. 뒷면에는 사람들의 소원이

적혀 있는데, 신사神社에서 읽어보면 꽤 재미있고, 마치 신

• 일본의 신사나 절에서 소원을 빌거나 소원이 이루어졌을 때 봉납하는, 그림이 그려
  진 나무 액자.

이 된 기분이 든다. 합격, 연애, 건강 등 무엇이 이루어지기를 바라는 내용이 대부분이다.

'공무원이 될 수 있기를⋯⋯.'

'의사가 될 수 있기를⋯⋯.'

'반드시 게임 크리에이터가 될 수 있기를⋯⋯.'

그런데 사람들이 쓴 소원은 꿈이 아니라 직업이다. 우주비행사든, 공무원이든, 유투버든, 케이크 가게 주인이든 그저 직업일 뿐이다. 단순히 이뤄지면 그만인 소원.

꿈은 직업보다 우선한다고 생각한다. '의사가 되어 많은 사람을 구하고 싶어'가 꿈이어야 하는데, '의사가 되고 싶어'로 끝나버리면 그것은 꿈이 아니다.

'공무원이 되어 성실하게 돈을 벌고 안정된 삶을 살고 싶다'라고 아이가 쓴 듯한 소원이 있었다. 그것이 정말 아이의 꿈이었을까? 아이가 생각하는 '안정적인 삶'이란 돈과 복리후생으로 이뤄지는 것일까? 그 아이가 공무원이 되어 어떤 삶을 살고 싶은지 알 수 없었다.

아들이 자라서 에마에 직업이 아닌 꿈을 적길 바란다.

"직업을 꿈으로 삼으면 별 의미가 없단다", "꿈을 이루기 위해 돈과 일이라는 도구가 있는 거란다"라고 확실하게 알려주고 싶다.

사람들은 돈과 일이라는 도구를 얻기 위해 학력이나 직업을 인생의 목표로 삼지만 그 이상의 의미는 없다.

초등학교 때 선생님께서 "장래 희망은?" 하고 물어보면, 나는 "행복해지고 싶어요"라고 대답했다. 행복해지고 싶은 꿈은 지금도 변함이 없다.

그런데 어른에게는 이상한 대답이었는지 선생님들은 늘 의아한 표정을 지었다. "이 아이에게 심각한 문제가 있지 않을까?"라며 걱정하기도 했다.

어른들이 이상한 표정을 지으면 곤혹스러웠다. 나는 빠른 생일이라 또래에 비해 성장이 느린데다 운동도, 공부도 잘 못했고, 자기 긍정감이 낮아 어른이 부정하면 곧바로 자신감을 잃었다.

'어딘가 잘못되어 있나 보다. 이상한 게 분명해.'

주변을 둘러보면 친구들의 꿈은 모두 직업이었다. 나는

친구들과 다른, 이상한 아이가 되지 않기 위해 꿈을 직업으로 말하게 되었고, '행복해지고 싶다'라는 진짜 꿈을 봉인했다. 하지만 어른이 된 후 생각해보니 이상한 쪽은 내가 아니라 그들이었다.

아들은 꿈과 일, 그리고 돈에 대하여 잘 알아두었으면 한다. '보통은 이러니까'라며 직업이 곧 꿈이라고 말하는 시시한 어른이 되지 않기를 바란다.

세상을 보는 시야를 넓히다

"제가 하고 싶은 일이 무엇인지 잘 모르겠어요."
"생각만 하지 말고 일단 해보렴."

나는 지금까지 하고 싶은 대로 하며 살아왔다. 아들도 하고 싶은 일을 하며 살았으면 좋겠다. 하고 싶지 않은 일은 하지 않아도 되고, 싫다면 도망쳐도 괜찮다.

그러려면 하고 싶은 일과 좋아하는 일을 찾아야 한다.

그렇다고 "좋아하는 일이나 하고 싶은 일을 찾지 못하면, 싫은 일, 하고 싶지 않은 일을 해야 해"라고 소중한 내 아이를 겁먹게 만들지는 않겠다. '하고 싶은 일'을 찾지 못하면 '하고 싶지 않은 일'도 찾지 못하기 때문이다.

한쪽이 빛이라면 다른 한쪽은 그림자다. 그림자를 막고 싶다면 빛을 가져야 한다. '하고 싶은 일'은 사람마다 다르다. 나는 아들에게 '이걸 하면 좋아'라고 충고할 생각이 조금도 없다. 더욱이 아들이 아니면 알 수 없는 것을 부모가 어떻게 알려주겠는가. 아들 스스로 찾아내는 수밖에 없다.

나는 사진가다. 하지만 처음부터 사진가가 되는 게 꿈은 아니었다. 고등학교를 졸업한 후 암으로 돌아가신 아버지의 유품이었던 사진기로 별생각 없이 찍기 시작했다. 아버지는 정비사였고, 취미로 사진을 찍었다. 그때 아버지가 사용한 게 필름식 일안 리플렉스 카메라였다.

그 시절 나는 책을 읽거나 영화를 보며 생각에 잠기기를 좋아했지만 자발적으로 뭔가를 하는 일은 없었다.

고양이, 바다, 하늘 등 지금은 창피해서 차마 눈뜨고는

볼 수 없는 형편없는 사진들. 그래도 그때는 '꽤 괜찮은
데?' 하며 만족했고, 그저 단순히 사진 찍는 걸 좋아했다.
그러다가 내가 좋아하는 일로 돈을 벌면 좋겠다고 생각했
다. 10대부터 20대 초반의 나는 지금보다 훨씬 세상 물정
을 몰랐고, '행복해지고 싶다'라는 꿈에 사진 찍는 일이 어
떻게 이어지는지를 알 수 없었다.

하지만 사진 찍기가 내 시야를 넓혀준 것만은 확실하
다. 예를 들어 외딴 섬에서의 생활이 궁금하면 모르는 곳
까지도 서슴지 않고 달려갔다. 직접 가보면 뭔가 지식을
얻을 수 있었다. 궁금했던 것을 알게 되는 일이 굉장히 신
나고 재미있는 일임을 알았다. 카메라는 알게 된 지식을
기록할 수 있는 매력적인 도구였다.

사진 찍을 생각을 하지 않았더라면, 혼자 낡아빠진 차
로 여행을 하거나 행동 범위를 넓히려고도 하지 않았을
것이다. 다양한 것을 보고, 여러 사람을 만나고, 지식을 쌓
고, 세상을 보는 시야도 넓히지 못했을 것이다.

좋아하는 일이 무엇인지, 싫어하는 일이 무엇인지를 알
게 되는 것은 세상을 보는 시야를 넓히는 일이었다. 이는

사진 찍기라는 '좋아하는 일'을 실제로 해보고 그것을 좋아하게 되었기 때문이다.

아들이 커서 "제가 하고 싶은 일이 무엇인지 잘 모르겠어요"라고 말한다면 "생각만 하지 말고 일단 해보렴"이라고 격려해주고 싶다.

도전한 다음에 맞지 않으면 다른 일을 찾으면 된다고. 다시 찾은 일이 맞지 않으면 또다시 다른 일을 찾으면 된다고. 그러면 머지않아 그동안 몰랐던 답을 찾게 될 것이라고.

사진은 어디까지나 내게 합당한 도구였다. 아들에게 권할 생각은 없다.

하지만 부모로서 아들에게 넓은 세계관과 가치관을 갖는 일이 얼마나 멋진 일인지 말해주고 싶다. 되도록 많은 것을 보여주고, 다양한 직업과 일이 있다고 알려주고 싶다.

내 아버지는 정비사로, 어머니는 간호사로 일을 했지만, 내게 넓은 세계관과 가치관을 말해주지는 않았다. 내 부모가 나쁘다는 이야기가 아니다. 그 시대의 가치관이 몸에

밴 부모 세대로서는 당연했다.

부모님보다 서른쯤 아래인 나는 그 세대와는 다르므로, 다른 방식으로 아들에게 도움을 주고 싶다. 꿈의 도구로서 효과적인 직업을 고르는 것은 아들 자신이지만 선택지를 늘려주는 것은 부모가 도와줘도 된다.

이 세상에는 다양한 직업이 있지만 아직 젊어서 그동안 접한 일이 별로 없다 보니 보통은 '알고 있는 일' 중에서 '할 수 있는 일'을 선택한다.

만약 시간이 허락된다면, 아들에게 다양한 일을 알려주기 위해 여러 친구와 지인들을 만나게 해주고 싶다. 꿈에 따라 이루기 쉬운 직업과 그렇지 않은 직업이 있다. 회사원이나 프리랜서의 장점은 실제 일을 하는 사람에게 듣는 것이 알기 쉽다.

아들에게 많은 걸 알려주려면 먼저 다양한 사람과 만나고, 세계관을 넓혀야 한다.

그래도 직업은 어차피 직업이다. 그저 도구일 뿐이다.

아들과 나는 서른 살쯤 차이가 나고 세대도 다르다. 앞으로 일의 의미도 방식도 달라질 것이다. 가치관 역시 바뀔 것이다. 아들이 어른이 될 때쯤이면 인간은 일하지 않을지도 모른다. 그러므로 직업을 위해 살기보다는 먼저 자신의 꿈을 가졌으면 한다.

좋아하는 일의 함정

아무리 좋아하는 일이라도
자신의 모든 것을 쏟아붓지 말아야 한다.

좋아하는 일을 한다고 꿈이 이루어지는 것은 아니다.

좋아하는 일을 하면 "성공이다!"라는 말도 거짓말이다.

그것은 시작에 불과하며, 위험이 따르는 일임을 아들이

알아두었으면 한다. 아버지인 나와 어머니인 아내가 직접

겪으며 배웠기 때문이다.

나는 사진 찍기라는 '하고 싶은 일'을 직업으로 삼아 사진가가 되었다. 아내도 유아 교육이라는 '하고 싶은 일'을 직업으로 삼아 유치원 선생님이 되었다.

보육 현장의 인력 부족과 좋지 않은 대우가 보도되곤 하는데, 아내는 딱 그 표본이었다. 근무 시간이 길고 힘든 데다 조기 출근과 야근도 많은 데 비해 월급은 놀랄 만큼 적다. 집에 돌아와서도 칠석이나 크리스마스가 다가오면 행사 준비에 필요한 자잘한 물건을 만들고, 알림장 작성이나 업무까지도 집으로 들고 와 끊임없이 일했다. 주중에는 울고 넘어지고 오줌 싸는 아이들을 상대하느라 차분히 그런 일을 정리할 수 없었다.

아내가 집에 와서 처리하는 업무 중에서 가장 놀랄 만한 일은 여름방학에는 문안 인사, 연말연시에는 자신이 맡은 아이들 전원에게 연하장을 쓰는 것이었다. 잠잘 시간까지 쪼개어 "마음을 담고 싶어서"라며 공들여 편지를 썼다. 그 일이 즐겁다면 모를까 '꼭 해야 한다'는 의무감은 나까지 지치게 만들었다.

"연하장이라면 만나지 못하는 사람에게 인사하는 거니까 그렇다 치고, 개학하면 곧 아이들과 만나잖아. 글을 읽지 못하는 아이도 있을 텐데, 연하장을 왜 쓰는 거야? 연하장을 보내는 그 자체가 목적이라면 무슨 의미가 있지?"

나는 몇 번이나 말렸지만 아내는 그때마다 정색했다. 육아 휴직 중인 지금, 아내가 무엇을 위해 저리도 열심히 일하는 건지, 아내를 보면 안타깝다.

좋아하고, 하고 싶은 일을 선택해서 몰두하다 보면 눈앞의 일이 자신의 전부가 되어 헤어나지 못한다.

나도 마찬가지였다. 카메라맨 어시스턴트로 일하기 시작했을 때 엄청나게 힘든 일에 모든 시간을 다 쏟아부었다. 좋아해서 해낼 수 있었지만, 돌이켜보면 더 효율적으로 일할 수 있는 방법이 있지 않았을까 생각한다.

성실한 사람 대부분은 열정 페이일지라도, 악덕 기업일지라도 자신의 시간과 몸을 쏟아부어 열심히 일한다. 하고 싶지 않은 일도 그럴진대, 하물며 하고 싶은 일이라면 더욱 그렇다.

깊이 빠져버리면 아무것도 보이지 않는다. "보수도 적고 대우도 좋지 않은데 그만두지 그래"라고 충고해주는 사람이 있다 해도 도망칠 생각조차 들지 않는다.

하지만 시간도, 건강도 한정된 자산이다.

아들이 '좋아하며, 하고 싶은 일'에 현혹되지 않기를 바란다. 아무리 '좋아하는 일'이라도 그 일이 어떤 일이고, 어떻게 일을 해야 하는지 냉정하게 판단했으면 한다.

먹고살기 위해 하는 일과 돈

먹고살기 위해 일을 한다면
시간을 들이지 말고 '필요한 돈'만 모아라.

일에는 먹고살기 위한 '라이스 워크Rice work'와 일과는 상관없지만 평생 동안 하고 싶은 '라이프 워크Life work'가 있다.

내게 라이스 워크와 라이프 워크는 둘 다 사진 찍는 것이었고, 게다가 좋아하는 일이었다. 우연이었지만 행운이었다.

어차피 일을 해야 한다면, 하고 싶지 않은 일을 마지못해 하기보다는 하고 싶은 일을 하라고 권하고 싶다. 그러나 억지로 라이스 워크와 라이프 워크를 일치시킬 필요는 없다. '라이스 워크는 어떤 일을 해도 상관없다'고 생각하기 때문이다.

예를 들어 사진 찍는 일로 벌어들인 만 엔과 도로공사일을 해서 벌어들인 만 엔은 똑같은 만 엔이다. 일의 종류와 상관없이 만 엔의 가치는 똑같다. 그런 의미에서 직업에 귀천은 없다. 그럼에도 이 세상에는 직업으로 사람의 서열을 매기는 사람들이 있다. 그런 어리석은 사람들은 아들이 성장한 후에도 아들과 같은 하늘 아래 살고 있을 것이다. 그러므로 아들에게 "어떤 일은 멋지고 어떤 일은 천박하다는 비교는 아무런 의미가 없다"고 알려주어야 한다.

중요한 것은 일이라는 도구를 이용해서 배우거나 경험하는 것이다. 그 도구가 자신의 꿈을 이루는 데 도움이 되느냐 아니냐의 차이다.

돈과 관련된 직업인 '라이스 워크'라는 도구는 꿈을 이루는 데 별 도움이 안 될 수도 있다. 반대로 돈과 관련 없는 직업인 '라이프 워크'라는 도구는 그것만으로 꿈을 이룰 수도 있다.

만약 아들이 라이스 워크와 라이프 워크를 다르게 갖는다면, 라이스 워크에서는 될 수 있는 한 효율적으로 돈을 벌었으면 좋겠다. 가능하면 시간을 적게 들여 필요한 돈을 모을 수 있는 방법을 찾아보았으면 한다. 라이스 워크로 인해 가족과 지내는 시간이 줄어들거나 라이프 워크를 위한 시간이 없어진다면 참으로 슬픈 일이다.

이 또한 내가 실패를 거듭하며 배웠다. 사진가로서의 활동은 좋아서 하는 일이지만 '좋아하는 일'에는 차이가 있다. 내가 찍고 싶은 사진을 찍으면 라이프 워크이지만, 늘 찍고 싶은 일만 주어지진 않는다.

예를 들어 별로 하고 싶지도 않고 관심도 없는 탤런트 촬영 같은 일은 라이스 워크다. 지금보다 어릴 때 했던 어시스턴트 일도 배움에 도움을 주는 일과 그렇지 않은 일이 있었다.

나는 프리랜서라서 일을 하면 할수록 많은 돈을 벌지만 그만큼 시간은 없어진다. 돈을 벌기 위해 시간이 없어지고, 정신적으로 망가지고, 부부관계까지 소원해졌을 때 나는 '아무리 돈을 벌기 위해서라지만 이런 일은 하지 말아야지' 하고 깨달았다.

그 후 나는 너무 열심히 일하지 않겠다고 다짐했다. 스케줄을 빡빡하게 잡지도 않았고, '더 많이 벌어야겠다'고 애쓰지도 않았다.

돈은 필요한 만큼만 있으면 된다. 생활하는 데 돈은 있어야 하지만 필요 이상으로 많이 모으려 힘들이지 않아도 된다. 먹고살기 위해 일하는 라이스 워크에서는 시간과 돈의 균형을 잘 잡는 일이 무엇보다 중요하다.

필요한 일과 장애물

구체적으로 꿈에 다가가려면
목표를 설정하고, 적절하게 노력해야 한다.

라이스 워크는 돈이 목적이므로 편의점 아르바이트든 뭐든 상관없다. 그러나 아르바이트로는 시간을 적게 들여 효율적으로 돈을 벌기 어렵다.

예를 들어 어떤 사람이 가수의 꿈을 안고 길거리에서

라이브 공연을 하면서 편의점 아르바이트도 한다고 가정해보자. 이처럼 라이프 워크와 라이스 워크를 따로 갖는 방법은 라이스 워크의 효율 면에서 그다지 좋지 않다. 차라리 회사원으로 근무하면서 정시에 퇴근해 노래를 부르는 편이 훨씬 현명한 방법이다.

정답은 없겠지만, 아들이 꿈을 갖고 현실과 마주해서 구체적인 방법을 찾길 바란다. 무엇보다 깊이 고민하고 선택했으면 하는 바람이다.

나는 프리랜서 카메라맨, 어시스턴트(라이스 워크)로 돈을 벌며, 내 작품을 찍는 사진작가(라이프 워크)의 길을 택했다. 다행히 좋은 스승을 만나 적절하게 배우고 적절하게 노력하는 방법을 반복하다 보니 사진 찍는 기술도 향상되었다. 능력의 유효활용이라는 잡일을 하지 않게 된 것이다. 어떤 일이든 같지 않을까.

어시스턴트 일은 무척 힘들고 스트레스도 쌓인다. 그래서 나는 불안정한 상태를 가라앉히기 위해 라이프 워크로 작품을 찍으며 스트레스를 해소했다. 돈을 위해 좋아하지 않는 일(라이스 워크)을 하더라도, 돈은 안 되지만 좋아하는 일(라이프 워크)을 같이 한다면 정신적으로도 안정되고 능력도 향상된다.

반대로 라이스 워크에 지나치게 열중하면 라이프 워크를 팽개칠 수도 있다. 눈앞의 일에 몸과 마음, 시간까지 바치다 보면 그 일에 함몰되어 '꿈 따위는 아무래도 좋아'라는 식으로 꿈이 뒷전으로 밀릴지 모른다. 그러므로 적절한 스트레스는 현실에 익사하지 않기 위한 양념쯤으로 생각하는 게 바람직하다.

언젠가 아이가 라이프 워크를 찾아 '행복하게 살고 싶다'라는 꿈을 이뤘으면 한다.

그러기 위해 '필요한 것'은 무엇일까?

어떤 '장애물'이 꿈을 가로막을까?

꿈이든 목표든 뭔가를 이루고 싶다면 '필요한 것'과 '장애물'을 명확하게 구분하고 구체적으로 해결해나가야 한다. 예를 들어 인맥이 필요하다면 인맥을 만들고, 돈이 장애물이라면 돈을 벌어야 한다. 사람들은 곧잘 "돈이 없어서 할 수 없다"라고 말하지만, 그나마 다른 것에 비해 쉽게 할 수 있는 것이 돈을 모으는 일이다. 그렇다고 돈으로 모든 문제를 해결할 수는 없지만.

나는 작품을 찍어도 발표할 곳이 없어서 좀처럼 많은 사람에게 보여줄 기회가 없었다. 이것은 돈으로는 해결할 수 없는 일이라서 나 자신과 끊임없이 싸워야 했다. 그래서 사진가의 등용문이라 불리는 대회에 응모하는, 구체적인 방법을 택했다. 응모에서 떨어져도 기죽지 않고 몇 번이고 다시 도전했다. "네 실력으로는 어려워"라고 주변 사람들이 충고했지만 계속 작품을 찍었고 꾸준히 응모했다.

매달 응모를 한 니콘 상은 몇백 명의 방대한 응모자 중에서 상을 받는 사람이 고작 상위 두 명뿐이다. 3등이면 떨어진다.

'어쩌면 나는 3등이었는지 모른다. 다른 달에 응모했다면 상위 두 명이 없으니 당선되었을지도 모른다. 니콘 상에서는 떨어졌지만 캐논 상에 응모했다면 당선되었을지도 모른다. 심사위원의 호불호도 있으니 심사위원이 바뀌면 수상할 수도 있다. 상은 운도 따라야 하니까.'

이렇게 마음을 다잡으며 응모하고, 또 응모했다. 어쨌든

한 번 떨어졌다고 용기가 꺾인다면 영원히 운을 잡지 못할 테니까.

나는 떨어졌다. 수없이 떨어졌다.

하지만 꺾이지 않았다. "네 실력으로는 어려워"라는 말을 들어도 나 자신과 작품에 대한 믿음을 잃지 않았기 때문이다.

아무리 다짐해도 가끔 마음이 흔들릴 때 냉정하게 생각해보았다. 왜 그들이 '네 실력으로는 어렵다'고 말했을까. 그리고 깨달았다. 그 말을 내게 했던 사람들은 모두 끝까지 밀고 나가지 못했다는 사실을. 자신들이 도중에 꺾여 포기했으니 다른 동료에게 "어차피 네 실력으로는 어려워"라고 말해서 포기하게 만들고, 포기한 사람을 늘려가며 '하지 못했던' 자신을 합리화하고 싶었던 것이다.

나는 그들과 동료가 되지 않아서 좋았다. 무엇보다 그런 부류의 인간에게 정이 가지 않는다. 나 스스로 용기를 갖고 결론을 내리고 나니 '어렵다'라는 말에 더는 두렵지 않다.

여러 번 도전한 끝에 니콘 상을 수상하자 많은 미디어에서 연락이 왔다. 〈일본 카메라〉라는 잡지에 작품이 실리면서 이를 본 〈주간문춘週刊文春〉의 편집자가 기사를 내주었고, 그 후 〈아사히 신문〉, 사진 분야에서 유명한 〈커머셜 포토〉 등에도 소개되었다.

염원했던 등용문을 통과했지만 인생이 크게 바뀌지는 않았다. 그러나 내 정신은 분명 바뀌었다. 목표를 정해놓고 그에 맞는 노력을 해서 그곳에 도달한 경험을 통해 구체적으로 꿈에 다가서는 법을 배웠고, 자신감도 생겼다.

노력하면 꿈은 반드시 이루어진다. 하지만 간혹 어긋나는 경우도 있다. 운도 따라야 해서 모든 것이 노력만으로 이뤄지지는 않는다. 아무리 애를 써도 이뤄지지 않는다면 단념하는 것도 좋은 선택이다. 대신 그 자리를 다른 꿈으로 채우면 된다.

무엇보다 아들이 어떤 일이든 도전해보지도 않고 지레 포기하지 않길 바란다.

나는 젊은이들이 "이런 일을 해보고 싶어요"라고 하면 "그래, 자네는 그 일을 잘 해낼 거야!"라고 격려해준다.

아무 근거가 없는데도 "자네는 어렵겠는걸" 하는 말로 용기를 짓밟았던 선배들. 그런 말에 가슴이 짓눌리지 않도록 아들의 꿈을 응원하고 싶다.

의미 없는 충고에 귀 기울이지 말고 자신감부터 갖길 바란다. 꿈이 있다면 포기하지 말고 늘 자신의 꿈에 미소 짓는 사람이길 바란다.

모르는 것은 죄

초식계든 육식계든
먹히지 마라.

사진가 지망생인 청년과 함께 촬영 일을 한 적이 있다. 아직 스물셋밖에 되지 않은 청년에게 빚이 천만 엔이나 있다는 이야기를 듣고 깜짝 놀랐다. 학자금 대출 상환과 부족한 생활비를 현금서비스로 막다 보니 빚이 불어난 것

이다. 가정 환경이 좋지 않아 학자금 대출로 대학교 사진
학과를 졸업했지만 도저히 빚을 감당할 수 없어서 1년간
휴학하고 아르바이트를 해야만 했다고.

"어떤 아르바이트를 했는데?"라고 묻자,

"라면집에서 시급 구백 엔에 하루 열두 시간 일했는데,
초과 근무수당은 없었어요"라는 그의 대답에 나는 더욱
놀랐다.

빚을 갚아야 하는 사람의 아르바이트로는 분명 비효율
적이다. 가게 사장도 그의 어려운 사정을 알고 이용했을
것이다.

그러나 그는 '쉽게 구할 수 있다'는 이유 하나만으로 아
르바이트를 찾았고, 가게 규칙에 따라 '그게 당연하다'고
믿고 계속 일해왔다.

복잡한 사정을 가진 젊은이였다. 부모에게 충분히 사랑
받지 못했고, 그런 탓인지 학창시절엔 말썽꾸러기였고, 학
교에서는 늘 괴롭힘을 당했다고 한다.

그의 사정이 딱했다. 내가 좋은 스승을 만난 것처럼 그
도 좋은 스승을 만나 가르침을 잘 받는다면 분명히 능력

을 발휘해 실력 있는 사진가가 될 수도 있을 것이다.

잔인한 말이지만, 그렇게 되기는 쉽지 않아 보였다. 왜냐하면 그는 자기 자신을 엄청나게 싫어하는 사람이 되어버렸기 때문이다. 그런 사람의 주변에는 그와 비슷한 사람들만 모여든다. 더욱이 뒤틀린 마음은 그가 찍은 사진에도 고스란히 드러난다.

사진은 그 사진을 찍은 사람의 인품을 비춘다. 사진은 누구나 찍을 수 있고, 누구나 배울 수 있다. 하지만 작품이 우수한지 아닌지는 인품으로 정해진다. 사진에만 국한된 말이 아니다. "글씨에는 인품이 드러난다"고 어느 서도가도 말했다. 글이나 요리도 마찬가지다. 어떤 분야든 사람에게서 나온 것은 그 사람의 인품이 반영된다.

아들은 능력이 뛰어나지 않아도 좋으니 현명하고 좋은 사람으로 자랐으면 좋겠다.

스물셋에 천만 엔이나 빚을 진 청년은 사회에 쌓인 불만과 증오로 좋은 사람이 되기 어렵다. 안됐지만, 나는 그에게 백 퍼센트 잘못이 없으며 억울한 피해자라고는 생각하지 않는다. 아무리 안 좋은 환경이라도 지혜롭게 방법을 찾는다면 반드시 빠져나갈 구멍은 있기 때문이다. 오히려 환경이 좋지 않을수록 지혜와 지식을 쌓아 방법을 찾고 스스로 싸워나가야 한다. 그렇지 않으면 사회에서 이용만 당하는 낙오자로 전락하고 만다.

'초식계', '육식계'라는 말이 있다. 자신이 상대를 잡아 먹어서도 안 되지만 쉽게 잡아먹혀 뼈까지 발리지 않도록 조심해야 한다. 하물며 초식동물에게 잡아먹히는 풀 같은 사람은 말해 뭐하겠는가.

사회로 나가면 이용하려고 노리는 사람이 생각보다 많다. 아들은 부디 자신의 몸을 지킬 수 있는 수단과 방법을 알아뒀으면 한다. 아버지인 내가 곁에서 지켜주지 못하니, 아들은 더욱 강해졌으면 한다.

지혜와 지식을 쌓는 것.
스스로 생각하는 것.

정보를 쉽게 얻을 수 있는 요즘 세상에는 아무리 가정 환경이 어렵더라도 노력한다면 어떤 지식이든 얻을 수 있다. 모르는 것이 때론 죄가 될 수도 있으니.

열여덟 살에 백만 엔

'젊어서 고생은 사서도 한다.'
이 말은 고생을 권하는 어른들이 만든 선전 문구다.

아들이 열여덟 살이 되면 백만 엔을 줄 생각이다.

백만 엔이라는 금액을 고수하려는 것은 아니지만, 그때
쯤의 물가를 따져 공무원의 3개월분 급여로 산정했다. 이
돈을 한꺼번에 주어 여름방학 같은 일정 기간 동안 자유

롭게 쓰게 해주겠다.

젊은 그 시기에 시간과 돈이 있으면 뭔가 행동으로 옮길 것이고, 그러면 하고 싶은 일도 쉽게 찾을 것이다. 그때를 위해 나는 아들이 태어나서부터 저축을 하고 있다.

백만 엔으로 뭘 해도 상관없지만, 가능하면 여행하는 데 쓰면 좋겠다. 내 경험으로 미루어볼 때 그동안 여행을 다니며 얻은 것이 많기 때문이다. 여행이라고 해서 친구들과 하와이에 놀러가거나 어느 나라의 관광명소를 가이드와 함께 둘러보거나 여러 사람이 버스로 같이 이동하는 여행이 아니다. 여기서 말하는 여행은 오롯이 혼자 하는 여행이다.

항공권, 숙소 등 혼자 여행을 준비하고, 바보 같은 실수나 사건 사고에 어떻게든 자신의 힘으로 대처한다면 좋은 경험이 될 것이다. 일본에서 일본 문화만 경험한다면 일본의 가치관밖에 알지 못한다. 여러 나라를 직접 보고 세상이 넓다는 것을 알면, 작은 고민 따위는 대수롭지 않게 된다.

반드시 해외가 아니어도 괜찮다. 국내에도 관광지가 아닌 외딴섬 같은, 꿈에도 생각지 못한 좋은 곳이 많다. 만약 나에게 다시 기회가 주어진다면 가방 하나만 달랑 멘 채 남극으로 가 휴대전화의 전파도 닿지 않는 곳에서 고독을 즐기고 싶다. 또 다른 나라로 가서 다양한 사람들과 교류하고도 싶다.

가치관은 자신이 어떻게 행동하고 경험하느냐에 따라 넓어진다. 그래서 많이 행동하고 많이 경험하면서 점점 더 가치관을 넓혀갔으면 한다.

영화를 보거나 만화를 읽거나 스마트폰 게임을 하는 것도 행동하고 경험하는 일이다. 하지만 커다란 경험은 여행이나 연애에서 얻을 수 있다. 물론 연애는 1억 엔이 있다 해도 억지로는 할 수 없다.

돈이 있으면 할 수 있는 경험이 많아진다. 그래서 부모로서 도와주고 싶다.

아르바이트로 필요한 돈을 모아서 행동으로 옮겨야 한다면 시간이 오래 걸려 결국 비효율적이다. 그래서 백만 엔을 주겠다는 뜻이다.

젊었을 때의 경험은 인생에 많은 영향을 미친다. 무엇보다 청춘은 짧다.

이런 이야기를 하면 내가 유복한 가정에서 자랐다고 오해할지도 모르겠다. 실제로는 정반대였다. 고등학생 때는 쥐꼬리만 한 돈을 벌기 위해 하찮은 아르바이트로 여름방학을 허비했다. 그 경험으로 가치관이 넓어지거나 변하지도 않았다. 이미 인생에서 배운 너무나도 비효율적인 경험들을 아들에게는 권하고 싶지 않다.

여름방학을 투자하여 십만 엔을 벌기보다는 백만 엔을 한꺼번에 부모에게 받아 많은 경험을 해보는 것이 시간도 돈도 살릴 수 있다. 또한 마흔의 아들에게 백만 엔을 준다면 생활비나 조금 호기를 부리는 데 쓰느라 한순간에 사라지겠지만, 열여덟에게 백만 엔의 가치는 몇 배나 높을 것이다.

마흔 살의 한 달과 열여덟 살의 한 달을 비교하면 역시 열여덟 살 쪽이 훨씬 가치가 있다. '젊었을 때가 더 많은 일을 할 수 있다'라는 말은 사실이다. 젊으면 여러 실패를 너그럽게 봐주지만 어른이 되면 그렇지 않거니와, 확실히 일할 시간도 줄어든다.

그럼에도 나는 체력도 건강도 영원히 이어진다고 믿었다. 언젠가 사라질 것을 몰랐던 탓에 내 귀중한 젊음을 밤늦게까지 일하거나 쓸데없는 일에 허비해버렸다.

그렇기에 아들에게 알려주고 싶다. 젊었을 때 소중한 시간을 아르바이트 따위로 허비하지 말기를. 시간은 누구에게나 공평하고 한정되어 있다는 것을 알아야 시간과 젊음의 가치를 알 수 있다고 말이다.

암 말기인 사람들은 "나에게 남은 시간이 1년뿐이라면 이것, 이것을 하고 싶어"라고 자주 말하지만, 실제로 시간이 1년밖에 남지 않았다면 우선 몸도 가누기 힘들고, 제대로 움직이지도 못한다. 게다가 주변 사람들은 "어쨌든 치료를 받아 하루라도 더 살아야 한다"라며 침대에 묶어두려 한다.

그러니 아들에게 몇 번을 거듭거듭 당부하고 싶다. 하

고 싶은 일은 할 수 있을 때 해야 한다고. 어떤 상황에서도 하고 싶은 일은 해야 한다고 말이다.

사람들은 "젊어서 고생은 사서도 한다"라고 쉽게 말하지만, 이 말은 고생을 권하는 어른들이 만든 선전 문구일 뿐이다. 왜 고생이라는 부채를 일부러 젊었을 때 사서 해야 하는가.

나는 아들에게 고생을 사게 만들 바에는 돈을 주어 스스로 많은 경험을 쌓게 하고 싶다. 그리고 실컷 실패를 맛보기 바란다. 백만 엔을 준 다음에는 무슨 일이 일어나든 참견하지도 않고 도와주지도 않을 것이니 실패한 일은 스스로의 힘으로 해결하기 바란다.

그리하여 젊어서는 '실패해도 만회할 수 있고 용서받을 수 있다'라는 경험을 해보면 도전을 두려워하지 않는 어른이 될 것이다. 반대로 불필요한 고생을 시키고, 경험할 기회도 주지 않고, 실패를 용서하지 않는다면 소심한 어른으로 굳어질 것이다.

여름방학 아르바이트 같은 작은 실패보다는 돈과 시간

을 자유롭게 쓰며 혼자 행동했을 때 겪는 경험에서 얻은 큰 실패가 스스로를 강하게 만들 것이다.

돈에 대한 교육

아이에게 돈에 대해 교육하는 것은
부모의 역할이라고 생각한다.

　건강을 잃고 나서 처음 생각한 것은 '아이에게 돈을 남
겨야 한다'였다. 하지만 그런 생각은 잠깐이었고, '돈을 남
겨도 소용없잖아'로 바뀌었다.

　배가 고픈 사람에게 생선을 주기보다는 낚시하는 법을

가르쳐주어야 한다. 아이에게 돈을 남겨주기보다는 아이 스스로 돈 버는 법을 가르쳐주어야 한다.

아들은 돈을 위해 일하지 않고, 돈을 꿈이나 목표로 삼지 않고, 돈에 얽매이지 않는 사람이 되었으면 좋겠다. 아이러니하게도 그러려면 어느 정도 돈이 필요하다.

죽을 만큼 배가 고프다면 먹는 것 말고는 아무런 생각도 할 수 없다. 돈도 마찬가지다. 너무나도 궁하면 돈 말고는 아무런 생각도 할 수 없다. 죽을 만큼 돈이 궁하지 않더라도 적은 돈에 긴 시간이 묶이는 식이라면 물리적으로 시간과 체력이 줄어들어 역시 다른 생각을 할 수 없다. 그런 일은 주로 단순작업이다. 꿈을 이루기 위한 도구도 아니고, 능력도 오르지 않는다.

녹초가 될 만큼 지쳐서, 일하고 남는 자유 시간을 스마트 게임이나 하며 지내면 인풋^{Input}도 아웃풋^{Output}도 없어 라이프 워크를 잊게 된다. 이런 방식으로 시간을 보내면 행복할 리 없다. 하지만 슬프게도 '돈이 없어 행복하지 않다'라는 악순환에 빠진다.

주식으로 억만장자가 된 지인은 "돈으로는 결코 행복해지지 않는다"라고 말했다. 나 역시 그 말에 동의하며, 옳다고 생각한다. 그러나 돈과 시간이 있다면 선택지가 훨씬 넓어진다.

예를 들어, 돈이 있다면 '받는 돈은 적을지라도 하고 싶은 일이니 하자'라는 결단을 내릴 수 있다. 돈이라는 족쇄에서 벗어나면 자유도가 높아진다.

나는 스물세 살 때부터 촬영 업계에서 일하기 시작했다. 나는 금방 '돈은 필요한 것'임을 알았지만 임금이 싸다 보니 쉽게 돈을 벌 수 없었다. 정규직 회사원과는 달라서 일을 많이 할수록 그만큼 돈은 벌 수 있었지만 그렇다고 쉬지 않고 장시간 일하는 것도, 휴일이 없는 것도 싫었다. 당시 또 하나의 라이프 워크로서 사냥을 시작했기 때문이다. 사냥철인 3개월은 일을 쉬며, 수입이 전혀 없어도 괜찮을 여유를 택했다. 그래서 나는 투자를 시작했다. 처음에는 라이스 워크로 모은 얼마 안 되는 돈을 밑천으로 주식을 사거나 외환 거래FX를 시작했다.

마침 그 무렵에 주식으로 돈을 번 억만장자를 알게 되

었고, 그는 '돈으로 돈 버는 방법'을 알려주었다. 그 억만
장자 덕에 내 의식은 완전히 바뀌었고, 그때부터 생명보험
을 포함한 그 모두가 투자라고 인식하게 되었다. 그 후 나
는 투자에 대한 공부를 꾸준히 했고, 돈을 적절하게 운용
할 수 있었다.

학교에서는 돈이 사회에서 꼭 필요하다는 사실을 가르
쳐주지 않는다. 그래서 돈의 필요성을 아이에게 교육시키
는 역할은 결국 부모의 몫이다. 나는 돈에 집착하진 않지
만, 돈을 무작정 아끼거나 묵혀둔다면 의미가 없다고 생각
한다. 이자가 거의 붙지 않는 상태로 은행에 맡겨두거나,
올바른 곳에 쓰겠다는 계획도 없이 무작정 쌓아두기만 한
다면 무슨 소용이 있겠는가.

아내도 돈에 집착이 없기는 나와 마찬가지였다. 비교적
좋은 집안 환경에서 자라, 결혼할 무렵에는 은행의 ATM
사용법도 모를 정도였다. 사용해본 경험이 없는 것이다.
물론 지금은 달라졌지만, 그래도 여전히 '어느 정도 돈이
모이면 정기적금을 넣고, 그 정기적금은 쓰지 않는다'라는

식이어서 투자에 대해서는 서투르다.

그러므로 아들에게는 가능하면 빨리 내가 알려줘야 한다. 앞으로 몇 년을 더 살지 모르지만, 아들이 대화할 수 있고 인지 능력이 생기면 어리더라도 돈에 대해 알려줄 것이다.

먼저, 용돈은 '용돈+심부름 값'으로 정하려고 한다. 가령 용돈을 매월 오백 엔을 준다면, 집안일을 도와주거나 심부름을 할 때마다 "이백 엔은 심부름 값이야"라며 배당제로 준다. 집안일이나 심부름을 하면 할수록 돈이 늘어난다는 사실을 인식시키는 방법으로 사회 구조를 알려주는 것이다. 용돈으로 무엇을 살지에 대해서도 '투자 가치가 있는 구매인지 아닌지'를 잘 고려할 수 있게 알려준다.

예를 들어 나는 결혼식 답례품 목록에서 물건을 고를 때 반드시 볼펜으로 정한다. 목록에는 가방 같은 것도 있지만 물건의 정가가 대략 삼천 엔쯤이라면 같은 볼펜이라도 비교적 고급 제품인데다 그 볼펜을 내가 사용하지 않으면 다른 사람에게 가볍게 선물할 수도 있기 때문이다.

사소하지만 아들이 대화할 수 있는 나이가 되면 이렇게 돈의 일상적인 쓰임새까지도 알려주리라. 세상에는 싼 삼천 엔과 비싼 삼천 엔이 있다는 것을.

초등학교 고학년이 되어 세뱃돈의 액수가 커지면 아들의 장래를 위해 예금을 해놓기보다는 부모가 보관하는 경우가 많다. 나는 아들에게 그 돈을 투자하는 방법도 알려주고 싶다. 같이 텔레비전을 보면서 "오늘은 미국에서 어떤 사건이 일어나 1달러가 ○○엔이 되었단다. 닛케이 평균 주가가 오른 이유는 뭘까?"라며 관심을 갖게 한다. 그런 식으로 자신의 세뱃돈이 세상의 움직임과 어떻게 관련되는지를 설명해준다. 그렇게 하면 아이도 삶에서 돈이 얼마나 중요한지를 인식할 수 있다.

아이가 생각하고 느낀 대로 자신의 의견을 제시하면, 그에 맞춰 내가 대신해서 외화나 주식을 구입해주겠다. 세뱃돈 십만 엔을 은행에 맡기면 이자는 십 분의 일 정도지만 주식에 투자하면 이십만 엔으로 오르기도 하고 실패하면 백 엔밖에 남지 않을 수도 있다는 것을 아들이 체험해보았으면 한다.

중학생 정도라면 매월 받는 용돈에서 아들 스스로 판단해서 약간의 돈을 투자해보는 것도 경험이 될 것이다. 현재도 일본에는 미성년자를 위한 비과세 투자제도인 '주니어 NISA'가 있는데, 시간이 지나 그 정도 나이가 되면 이러한 금융 시스템이 일상화되어 아들이 선택할 수 있는 투자 상품이 훨씬 늘어나 있을 것이다.

투자는 자신의 수익으로도 이어진다. 뿐만 아니라 돈을 통해서 몰랐던 사회 시스템을 하나씩 알아간다는 것은 재미있는 일이다. 이런 재미도 아들이 알아두기 바란다.

돈은 신용이다

'돈이 없어서'라는 말을
'뭔가 할 수 없어'의 변명으로 삼기에는
약하기 짝이 없다.

아이가 열여덟 살이 되면 백만 엔을 준다거나 투자 방식을 가르쳐주겠다는 이야기를 하면 주변의 반응은 대강 이렇다.

"저는 싱글 맘인데, 아이에게 백만 엔은 큰돈이에요."

"어린아이에게 투자를 시키겠다니, 말이 돼요?"

분명 쉽지 않은 일이다. 부모 둘 다 일을 한다 해도 금전적 여유가 없는 가정도 많다. 내가 아들에게 백만 엔을 줄 수 있는 것은 일찍부터 저축을 시작했고, 결혼할 때 아내와 함께 투자 목적으로 생명보험을 들어놓았기 때문이다.

생명보험은 간단하게 말하면, 오래 살면 별로 돈을 받지 못하지만 일찍 죽을 경우에는 남아 있는 가족을 위해 비교적 괜찮은 투자다. 이런 상세한 상황은 별도로 하고, '돈이 없어서'라는 말을 '뭔가 할 수 없어'의 변명으로 삼기에는 약하기 짝이 없다고 생각한다.

물론 돈 벌기는 어렵다. 그러나 요즘 세상에서 돈을 모으는 일은 생각하기 나름인데, 의외로 간단할 수 있다.

사진가 사이토 하루미치 씨 일행과 함께 심장병에 걸린 남자아이를 만나기 위해 고베로 갔을 때다. 나는 처음에 알지 못했지만, 동행한 사람 중 한 사람이 크라우드 펀딩으로 교통비 모금 계획을 세웠던 모양이었다.

네 명이니 목표는 팔만 엔. 어른들이 고베로 가는 교통

비 명목이어서인지 전혀 호응이 없었다. 그런 연유로 "하타노 씨 SNS에 글을 올려 협조를 요청하면 어떨까요?"라는 부탁을 받았다. 나는 심장병에 걸린 아이에 대한 사정과 우리가 그곳에서 하고 싶은 일을 쓰고 '여러분의 지원을 부탁합니다'라고 덧붙여 SNS에 올렸다.

그러자 순식간에 삼십만 엔이 모였다. 모금액이 상한액을 넘기자 입금할 수 없는 사람들에게서 "은행계좌 좀 알려주세요"라는 메시지가 쇄도했다. 하타노라면 이 돈을 제대로 사용할 것이라고 믿어준 사람들이었다.

개그맨 콤비 킹콩의 니시노 아키히로^{西野亮廣} 씨가 "돈은 신용으로 모으는 것이다"라고 알려주었는데, 그 말이 와닿는 순간이었다.

"돈이 부족하지만 저는 이렇게 돕고 싶습니다"라는 내 마음이 통한 것이다.

크라우드 펀딩을 잘 이용하면 돈을 모을 수 있고, 아이라도 얼마든지 할 수 있다.

신용만 있다면 돈은 얼마든지 모을 수 있다. 크레디트

Credit 카드의 크레디트는 '신용'이라는 뜻인데, 주택 대출도 신용이 있다면 돈을 빌릴 수 있다. 그러나 돈을 갖고 싶다고 해서 다른 사람의 돈을 빼앗으면 신용을 잃는다. 그러므로 아들은 누구에게나 신용을 얻는 사람이 되기를 바란다.

그러기 위해서는 절대로 거짓말을 해선 안 된다. 남을 속이는 일은 물론이거니와 자신의 본심과 다른 말을 하지 않는 것도 중요하다. 또한 성실하고 온화하며 다정한 사람이어야 한다는 것도 잊어서는 안 된다.

사람은 누구나 주어진 환경 속에서 살아갈 수밖에 없다. 돈이 없는 가정도 자신에게 주어진 환경이다. 그러나 돈 문제는 스스로 생각할 수 있는 힘만 있다면 얼마든지 타개해나갈 수 있다.

아들이 '돈이 없으니 ○○할 수 없어'라든가 '아버지가 없으니 ○○할 수 없어'라는 변명 대신 '돈이 없어도 아버지가 없어도 ○○할 수 있어'라는 마음으로 세상을 씩씩하게 살아가길 바란다.

일이 곧 자신은 아니다

아들이 나처럼
'좋아하는 일을 선택'하길 바란다.

암에 걸리고 나서 알게 된 사실은 '일이란 금방 사라질 수 있다'였다. 입원하고 있을 때도 병원을 나와 취재를 할 때도, 암 때문에 직업을 잃은 사람을 수도 없이 봐왔다.

어떤 사람은 회사에서 암에 걸린 사실을 알고는 "그만

퇴사해주세요"라고 통보를 받았다. 퇴직해도 될 만큼 나이가 많긴 했지만 평생을 회사에 전념하며 살아온 그에게는 가혹한 일이었다.

그 세대의 모든 어른이 그랬듯, 그도 직업을 자신의 정체성으로 삼고 살아왔을 것이다. 직장에 열중하느라 가정을 소홀히 해서 이혼까지 당했으니 도와줄 가족도 없었다. 그는 지금까지 사택에서 지냈기 때문에 "치료비도 필요한데 다음 달부터는 집세까지 내야 한다네"하며 길게 한숨을 쉬었다.

이것은 결코 남의 일이 아니다. 나 역시 라이스 워크의 일은 거의 없어졌다. 촬영은 체력이 필요한 일인데 누가 병자에게 일을 주면서 신경까지 쓸까. 누구라도 암에 걸린 사진가보다는 건강해서 일을 척척 해내는 사진가에게 일을 맡길 것이다.

예를 들어 나는 라이프 워크인 사진 찍는 일 외에 수렵을 했지만 '수렵이 인생의 전부'인 사람들과는 어울릴 수 없었다.

취미를 하나만 가지면 그것은 정체성이 되어버린다. 자신의 정체성을 지키기 위해서 남을 공격하거나 발목을 붙잡기도 한다. "너 따위가 사냥을 알기나 해? 내가 한 수 위지"라며 필요 이상으로 자신을 치켜세워 주도권을 잡으려한다. 사진의 세계도 마찬가지여서, 나는 그런 분위기가몹시 불편했다.

이처럼 사진이든 수렵이든 그 하나만을 자신의 세계라고 정해버리면, 성가시고 재미없다. 무엇보다 살기 힘들다. 그러니 아들은 일이나 취미에 깊이 사로잡히지 말았으면 좋겠다.

나는 얕고 넓게 여러 취미를 갖는 편인데, 아들도 그러기를 바란다. 쉽게 뜨거워지고 쉽게 식을지 모르지만 그정도가 적당하다. 꿈과 직업과 돈에 대해 이런저런 이야기를 썼지만 선택하는 사람은 아들이지 내가 아니다. 다만다양한 선택지가 있다는 사실을 알려주는 것은 내 역할이라고 생각한다.

사진작가나 카메라맨의 세계에서도 "부모가 하고 있어

서 저도 하고 있습니다"라고 말하는 2세들이 있지만, 나는 아들이 같은 직업을 갖길 바라지도, 강요할 마음도 전혀 없다.

"아빠는 사진을 좋아해서 사진과 관련된 일을 했단다. 그러니 너도 네가 하고 싶은 걸 선택하렴."

어쨌든 아들이 나처럼 '좋아하는 일을 선택'하길 바란다.

한 가지 덧붙이면, 그럼에도 일은 어차피 일일 뿐이라는 것이다. 직업은 내가 아닌 꿈을 이루기 위한 도구다.

결국 뭔가를 잃었을 때 남는 것은 가족뿐이다. 일이나 직업을 자신의 정체성으로 삼기보다는 가족을 정체성으로 삼아야 한다고 아들에게 알려주고 싶다. 가족은 직업이 있든 없든, 병에 걸리든 건강하든, 변하지 않는 유일한 존재이기 때문이다.

4장

:

삶과 죽음에 대하여

:

:

언젠가 아들과 나누고 싶은 이야기

:

병은 거울이다

아들은 생각하는 힘을 길러
스스로 답을 찾기 바란다.

아버지가 암으로 돌아가셨으니 막연하게 나도 암에 걸
릴지도 모른다고 추측했지만, 서른넷에 암이라니, 너무 이
르다.

전이한 종양은 이미 등뼈를 녹이고 신경을 압박하기 시

작했다. 하반신에 마비 증상이 일어날 때도 있다. 자살까지 생각할 만큼 극심한 통증이 반복되면서 한동안은 밤에 잠도 잘 수 없었고, 눕지도 못해서 평상심을 유지할 수 없었다. 고통은 점점 심해갔다.

그 무렵부터 장애인 전용 구역에 주차했다. 운전은 할 수 있지만 지팡이 없이는 걷기 힘들었다. 그런데 내가 앞으로 살날이 3년밖에 남지 않았고 극심한 통증에 시달리는 환자 같지 않게 젊고 건강해 보였는지, 일반적인 장애인이나 제대로 걷지 못하는 고령자와 비교하며, '비장애인이면서 장애인 전용 구역에 주차하다니, 저런 민폐 같으니!'라는 표정으로 노려보는 사람도 있었다.

또 어떤 때는 장애인 전용 주차구역에 컬러 콘^{Color cone}•이 놓여 있기도 했다. 정상인이면서 매너 없는 사람이 주차하지 못하도록 성실한 사람이 그랬을 것이다. 장애인 주차구역을 뻔뻔하게 이용하는 위반자를 배제하기 위해 이처럼 장애인 전용 주차구역을 이용하는 실제 장애인까지

• 주로 빨간색이며, 교통 규제나 위험 장소의 표시에 사용되는 원뿔형 보안 용구다.

도 불편을 강요당한다. 끔찍할 정도로 상상력이 부족한 사람이거나, 선의나 성실함이 오히려 남에게 폐를 끼치는 성실한 바보의 견본이다.

그럴 경우 나는 주차장 한가운데 차를 세우고 지팡이에 의지해 컬러 콘을 치우고서 장애인 전용 구역에 주차한다. 그나마 지금은 체력으로 버틸 수 있어 다행이지만 몸이 더 안 좋아지면 어찌할까? 휠체어를 이용하는 장애인이나 힘없는 고령자였다면 또 어땠을까? 몸에서도 마음에서도 사람의 아픔은 잘 보이지 않아서 온화함과 다정함이 부족할 때가 많다. 그러니 아들은 상대가 뭘 원하는지 이해하는 온화하고 다정한 사람으로 자라기를 바란다.

나는 이 세상이 얼마나 불합리한지 잘 알고 있었지만 병에 걸리니 그런 상황들이 한층 더 뚜렷하게 보인다. 병은 많은 것들을 비춰주는 거울이다.

암이라고 밝힌 후로는 많은 사람들의 본심도 읽게 되었다. 느껴진다는 표현이 더 정확하다. 3분 카레보다도 더 간편하게 충고하는 '다정한 학대'로 나를 괴롭히는 사람도 있었고, 겉으로만 동정하는 척하는 사람도 있었다. 유익한 정보를 준 사람도 있었고, 도움이 될 만한 재미있는 이야기를 들려주거나 새로운 도전을 하게 만드는 사람도 있었다.

또한 병은 자기 자신이 어떤 사람인지를 거울처럼 비춰준다. 죽음이 눈앞에 닥쳤을 때, 어떤 태도를 취하느냐에 따라 그 자신이 어떤 사람인지 알 수 있다. 나는 행복을 위한 꿈에 대해 새삼 깊이 생각해보았고, 원래도 흥미가 있었던 삶과 죽음에 대해 좀 더 깊이 파고들 수 있었다.

삶이란 무엇인가.

죽음이란 무엇인가.

미디어에서 주목을 받기도 했고, 종교가나 의사와 만날 기회도 많아서 나는 약으로 통증을 누르면서 적극적으로 전문가들과 만나 이야기를 들었다. 사는 것도, 죽는 것도 잘 모르니 알고 싶었다. 주치의는 환자를 치료하는 역할과 병원의 좋은 평판을 잘 지키고 싶은 의식을 앞세우다 보니 좀처럼 진짜 속마음은 말해주지 않았다. 다니던 멘탈 클리닉의 의사선생님도 내 말을 들어주기만 했다.

그런데 이해관계가 얽혀 있지 않고 취재를 통해 알게 된 한 의사에게서 어느 정도 만족할 만한 답을 들을 수 있었다. 예를 들어 환자 앞에서는 절대로 "자살하지 마세요. 안락사하지 마세요"라고 말하는 의사일지라도 친구로서 마음을 터놓고 이야기를 나누면 전혀 달라진다.

나는 공부는 잘 못했지만 어려서부터 몰랐던 것을 알게 되면 기쁘고 좋았다. 학교에서의 배움보다는 책을 읽거나 상세하게 아는 사람에게 이야기를 들어 나 자신의 흥미를 파내려갔다. 말하자면 취재와 같다.

그렇게 해서 얻은 지식을 쭉 늘어놓으면 일종의 공통 항목 같은 것이 수면 위로 떠오른다. 내 앞에 놓인 문제가 육아든 직업이든 서로 다를지라도 "아, 이런 식으로 문제점을 해결하면 어떤 문제라도 해결되는구나"라고 깨닫곤 한다.

답이 잘 나오지 않는 일을 오래 생각한 끝에 답을 찾기라도 하면 날아갈 듯이 기쁘고 즐거웠다. 스스로 생각하는 즐거움을 나는 지금 병을 통해 맛보고 있는지도 모른다.

그래서 지금까지 느낀 삶과 죽음을 기록하여 마지막으로 아들에게 남기려 한다. 물론 기록한 것들이 절대적인 답은 아니다. 취재해서 깨달은 것이니 완전하다고도 할 수 없다.

그러나 생각하기를 그만두면 끝일 테니, 나는 죽는 날까지 생각을 계속할 것이다. 점점 더 끊임없이 다양한 지식을 흡수해서 생각하면 답도 바뀐다. 영화 한 편을 보더라도 거기에서 영향을 받아 새로운 답이 나온다. 수정하고 수정해서 죽을 때까지 더 나은 답을 만들어갈 것이다.

그러니 지금 말하는 내용이 절대적인 답은 아닐지도 모른다. 아들은 아들 나름대로 생각하는 힘을 길러 자신만의 답을 찾기 바란다.

생각한다는 것은 중요하다. 그리고 그 방법은 의외로 간단하다. 정보는 얼마든지 인터넷과 스마트폰 검색을 통해 모을 수 있으니, 우선 그것을 바탕으로 생각해보는 것이다. 그다음, 다양한 경험을 많이 해보고 많은 사람의 이야기를 들어본 후에 또다시 생각하는 것이다. 자기 나름의 답을 찾았다 해도 다시 생각해서 답을 수정해야 한다.

번거로워 보이지만 익숙해지면 그 무엇과도 비교할 수 없을 만큼 즐거운 과정이 될 것이다. 나는 이 생각하는 과정이 삶과 직접적으로 이어져 있다는 것을 안다.

아들이 언젠가 삶과 죽음에 대해 생각할 때, 지금부터 내가 쓴 글이 그 재료 중 하나가 되었으면 한다.

살아 있음의 경험

우리의 생명은
다른 생명을 먹고 만들어졌다.

암에 걸린 사실을 SNS로 공표하자 '자업자득'이라는 답
글이 달렸다. 내가 수렵으로 동물을 죽이고 그 고기를 먹
은 업보로 암에 걸렸다는 것이다.

수렵을 했든, 하지 않았든 우리의 생명은 동물의 목숨

을 담보로 이루어져 있다. 채식주의자는 고기를 먹진 않지만 그들이 먹는 야채를 생산하는 밭에서는 야생동물을 쫓기 위해 덫을 놓아 죽인다.

"동물이 죽지 않도록 전기 울타리나 그물로 밭을 지키면 되잖아."

"인간이 동물의 거처를 빼앗았으니 밭을 엉망으로 만드는 거지."

인터넷상에 의견이 분분하다. 이런 사람들은 비난만 할 뿐, 수고도 들이지 않고 시간 투자도 하지 않는다.

동물이 사는 곳 가까이에 거주하는 산간지방 사람일수록 인간에게 피해를 주는 짐승을 없애 달라거나 죽이는 일을 부탁해온다. 농가 사람들의 수입과 직접적으로 연관되기 때문이다. 게다가 우리는 식료품만으로 살 수 있는 것은 아니다. 물류라든가 편리성을 위해 고속도로를 내고 댐을 만들어 동물들의 서식지를 빼앗는다. 그렇게 생각하면 책이나 스마트폰도 간접적으로는 다른 생명을 빼앗아 만들어졌다.

채식주의자나 비건Vegan•의 일부는 고기나 생선을 먹지 않는다는 그 이유 하나만으로 자신은 '살생하지 않고 살고 있다'라고 믿는 것 같다. 그들은 슈퍼마켓에서 고기를 사거나 고기를 먹는 사람을 살인자라고 비난한다. 이는 엄연한 독선이다. 보이지 않는 것은 상상조차 하지 않거니와 깊이 생각하지 못해 나온 발상이다. 어쨌든 어떤 생물이든 목숨을 빼앗기 싫다면 자신이 살기를 그만둬야 한다.

내가 스물 중반에 수렵을 시작한 이유는 삶과 죽음에 관심이 있었기 때문이다. 마침 그때 '니콘 유나21' 상을 수상한 〈해상유적〉도 바다 위에 방치된 건물들의 모습을 5년에 걸쳐 찍은 작품이었다. 말하자면 건물의 죽음이다.

촬영 작업의 집중력을 높이기 위해 사격 경기를 시작했는데, 그때 처음으로 총을 접했다. 꽤 소질이 있었는지 "국제 사격 대회에 나가도 되겠는데"라는 말을 듣기도 했지만 곧바로 수렵으로 넘어갔다. 경기 자체에는 별 관심이

• 완전 채식주의자를 말한다.

없었다.

삶과 죽음에 흥미가 있었다 해도 갑자기 혼자 수렵을 시작한다는 것이 엉뚱해 보일지도 모른다. 수렵가의 강연을 듣거나 관련 모임에 참가하거나, 아니면 좀 더 평화로운 방법이 있었을지도 모른다. 수렵을 잘하는 사람에게 가이드를 부탁해 그룹으로 사냥을 배울 수도 있었을 것이다.

하지만 나는 그렇게 해서는 온전히 나의 경험이 될 수 없다고 생각했다. 생명을 빼앗아 먹는 행위가 어떤 의미인지 직접 알고 싶었다.

다른 사람이 죽인 생명을 먹는 것이 아니라 나 스스로 모든 걸 해보면 어떤 느낌일지, 실제로 접해보고 싶었다. 그것이 바로 다른 생명을 먹고 만들어진 자신의 삶을 생각해보는 한 방법이라 여겼다. 아들이 매일 먹고 있는 비엔나소시지나 송이버섯이 어떻게 식탁에 오르는지도 아들에게 가능한 한 빨리 알려주고 싶다.

내 첫 사냥감은 토끼였다. 혼자서 산에 올라 9일이 지나도록 아무것도 잡지 못했다. '난 수렵에 재능이 없나보다'

라고 자포자기하던 그때, 갑자기 회색 토끼 한 마리가 튀어나왔다. 총을 쏘면서 가장 먼저 떠오른 것은 '아! 해냈구나'였다.

하지만 이내 충격에 휩싸였다. 토끼라는 친근하고 귀여운 동물을 내 손으로 죽였으니 말이다. 잡으리라는 확신이 없어서 해체 도구도, 담을 그릇도 가져가지 않아 잡다한 물건을 담은 가방에 넣을 수밖에 없었다. 죽은 토끼를 안아 올리자, 털이 부드럽고 따뜻했다.

그런데 동물은 죽으면 힘이 빠져서 크기가 엄청나게 늘어난다. 축 늘어진 토끼를 억지로 가방에 집어넣고 집에 돌아와 보니 토끼는 가방 모양으로 딱딱하게 굳어 있었다. 얼린 다랑어와 비슷했다. 사후 경직이 오면 정말로 뻣뻣해진다는 것을 그때 알았다. 모든 것이 처음이라서 굉장히 놀라웠다.

한 번 잡은 이후로는 척척 더 잘 잡게 되었다. 동물에게 다가가는 법, 어디를 노리고 쏘아야 하는지 등 수렵 요령도 터득했다.

동물은 총에 맞았다고 풀썩 쓰러져 바로 죽는 것이 아니다. 비명을 지르고 몸부림을 친다. 역습을 당하는 경우도 있다. 동물에 따라서는 1킬로미터쯤 다리를 끌며 달아나기도 한다. 그럴 때 뒤쫓아 가서 다시 쏘아야 하니 굉장히 잔혹하다. 겨우겨우 잡았다 해도, 영화에서처럼 죽었다고 바로 눈을 감지 않는다.

이렇게 죽인 동물의 몸을 칼로 갈랐을 때 확 풍겨오는 내장 냄새와 피 냄새. 만지면 뜨끈할 정도로 뜨거운 내장. 수렵 시즌은 가을과 겨울이어서 쏟아지는 피에서 모락모락 김이 피어오른다. 흥분되고 감각이 날카로워지면서 내장에서 피어오르는 김의 입자까지도 뚜렷하게 보인다.

총을 쏘아 동물이 죽으면 아드레날린이 분비된다. 그모습을 보면서 흥분하여 우렁차게 소리를 지르는 사람도 많다. 분명 조몬繩文시대°부터 지금까지 바뀌지 않는 인간의 본능이리라. 다른 생명을 먹고, 살아 있는 생명이 또

° 일본의 선사시대 중 기원전 13000년경부터 기원전 300년경까지의 시기를 말한다.

다른 생명을 빼앗는 순간, 치솟는 기분. 이것이 '살아 있다는 실감'일지도 모르지만, 직접 경험해보지 않고서는 잘 모른다.

"잘 먹겠습니다. 잘 먹었습니다"

수렵을 통해 내가 얻은 것은
삶과 죽음에 대한 사색이다.

    사진가로서 수렵 현장을 5년 동안 촬영했다. 피 묻은 손으로 카메라를 들고 몇천 번이나 셔터를 눌렀다. 사진을 다시 보면 사냥 1년째 사진에는 미혹과 망설임이 찍혀 있고, 5년째 사진에는 어딘가 날카롭게 연마된 느낌이 있다.

수렵은 취미로서는 즐겁지 않다. 고생해서 얻은 고기는 맛있지 않다. 수렵으로 내가 얻은 것은, 삶과 죽음이라는 사색과 사진이다.

세상에는 매일 고기를 먹고 있으면서, "동물을 죽이다니 잔혹해! 토끼나 사슴이 너무 불쌍해!"라고 말하는 묘한 정신세계를 가진 사람도 많다. 일부 채식주의자나 동물애호단체 사람들은 '암에 걸린 것은 자업자득'이라고 대놓고 말하진 않지만 수렵 자체를 심하게 비난해왔다.

또 여성에게는 별로 흥미 없는 테마일 수도 있어 약간 염려했지만 내 사진전 〈잘 먹겠습니다. 잘 먹었습니다〉는 당초의 정해진 기간보다 더 길게, 한 달 8일이라는 장기간의 전시로 이어졌다. 유료임에도 관람객은 2,215명에 이르렀다. 방문 메모지에 써놓은 감상을 읽어 보니 내가 전하고 싶었던 마음이 고스란히 담겨 있어 기뻤다.

이제 인터넷은 하나의 사회여서 그 공간에서 심하게 공격해오는 사람이 있으면 그것이 전부인 양 좌절하기도 한다. 한편으로는 응원하는 사람들이 직접 방문해서 돈을 내고 작품을 감상하며 자신의 의견을 남기기도 한다.

모아둔 이 방문 메모지는 아들에게 큰 선물이 될 것이다. 아빠가 해온 작업을 알아준 사람들이 있었다는 사실을 알게 되리라.

몇 년 전, 수렵 중에 산에서 조난당할 뻔한 일이 있었다. 경험과 지식, 체력 등 모든 것이 다 부족했던 탓이다.

원래 좋지 않았던 체력이 다 소진되어 쓰러지기 직전이었고, 해도 지고 있어 하산을 서둘러야 했다. 산에서 쓰러지면 생명을 잃을 수도 있다. 그런 몸을 이끌고 산을 내려오면서 계속 아내만을 생각했고 그동안의 미안함을 사죄하는 마음으로 계속 걸었다.

걷기조차 힘들었던 나는 짐을 가볍게 하려고 필요 없는 물건들을 산에다 버렸다. 망설이지 않고 맨 먼저 버린 것이 카메라였다. 소중한 것은 사진이지 카메라가 아니었다.

총에 의지해서 겨우겨우 발을 내딛고 있을 때, 사슴이 보여 총을 쏘았다. 젊은 수컷이었다. 고기를 가져갈 여유는 없었지만 나는 사슴을 잡았다. 배를 갈라 간과 심장, 등

심만 떼어내고, 겁이 났으나 손으로 퍼서 피를 마셨다. 놀
랄 만큼 맛있었다. 나는 그 덕에 힘을 얻어 무사히 하산할
수 있었다.

그때 고민하지 않고 카메라를 버린 일과 내 생명을 살
려준 사슴의 목숨은 지금도 잊히지 않는다.

암을 진단받고 나서 자살이 내 머리를 스쳤을 때, 가장
먼저 처분하려고 마음먹은 것이 총이었다. 목숨을 이어주
었던 총이 방해가 되었다. 나는 총을 처분하고 수렵을 그
만두었다. 지금은 아들을 찍는 카메라가 내 사색을 도와주
고 있다.

암 환자를 대하는 법

투병이라는 말이 있지만
암은 암세포와 싸우는 것만이 다가 아니다.

종양이 발견된 11월에 나는 자살을 떠올렸다.

잠자기, 눕기, 다리 들기 등 지금까지 덤덤하게 하던 일
들을 이젠 전혀 하지 못할 정도로 극심한 통증이 계속됐
다. 갑자기 노인이 된 것처럼 내 몸은 내 것이 아니었다.

12월 끝 무렵, 블로그에 암에 걸렸음을 알리고 나서는 '다정한 학대'에 시달렸다. 대체 의료라는 이름의 돌팔이 요법, 식이요법, 종교 권유 등등. '이 항아리를 사시면 암이 낫습니다'라는 메시지가 왔을 때는 배꼽을 잡고 웃었다.

'이것은 허세도 농담도 아닌 진심이며 아이와 아내를 위해 이 치료법을 받아보세요. 괜찮아요. 반드시 나을 겁니다'라는 권유에 마음이 흔들리기도 했다. 누가 봐도 사기임을 금방 알 수 있지만 그 말이 내 약한 마음에 파고들었고, 그 다정한 학대에 감쪽같이 속을 뻔했다.

여러 해 연락 없이 지내던 지인에게서 온 위문 전화는 무의미한 격려와 자신의 신상 얘기가 세트로 따라왔다.

나는 무엇이든 직접 경험하지 않고서는 모른다고 생각해왔다. 암 환자는 암이 아닌 다른 일로도 고통스럽다는 사실을 암에 걸리고 나서야 깨달았다.

투병이라는 말이 있지만 암은 암세포와 싸우는 것만이 다가 아니다. 같은 편이길 바라는 친구와 친족, 보조를 맞춰야 하는 가족과 의료 종사자와도 경우에 따라서는 싸워야 한다.

일본인의 두 명 중 한 명이 암에 걸린다고 하니 건강한 다른 한 사람이 환자를 간병해야 한다. 요컨대 일본인이 암에 걸리지 않고 살아가기란 쉽지 않으며, 엄청나게 운이 좋거나 타고난 건강한 체질의 사람만이 암을 피할 수 있다. 또한 암 환자를 간병하지 않는다는 것은 고독한 사람이라는 뜻이기도 하다.

그런데 많은 사람들이 암 환자를 어떻게 대해야 하는지, 자신이 암에 걸리면 어떻게 해야 할지 잘 모른다.

아들은 아버지가 이미 암에 걸렸고, 내가 죽더라도 암 환자와 만날 기회가 많을 것이다. 그럴 때 여기에 쓰인 이야기로 어떻게 암 환자를 대해야 할지를 모색했으면 한다.

입원해서 방사선 치료를 받자 극적으로 다리는 회복되었다. 원래라면 그대로 항암 치료를 받아야 하지만 나는 다양한 사람을 취재하는 쪽을 택했다.

암 환자와 가족, 암 경험자나 유족, 의료 종사자.

난치병이나 정신질환자, 발달장애를 가진 사람.

따돌림 피해자와 가해자, 은둔형 외톨이 경험자.

자살을 결심한 사람. 살인 경험자 등 다양하다.

암 환자를 어떻게 대해야 할지 모르겠다는 사람도 많이 만나보았다. 상대의 이야기를 듣다가 목이 메어 취재 중에 눈물을 흘린 적도 많다. 그러면서 나는 자살하지 않아 정말 다행이라고 생각했다. 당연한 이야기지만 그때 죽었다면 듣지 못할 이야기였다.

아오키가하라에서 커피를

인생을 살아가는 의미는 아직 잘 모르지만
분명히 살아갈 가치는 있다.

20대에 나는 '왜 사람은 자살할까'라는 의문이 들어 한
동안 아오키가하라에 자주 갔었다.

울창한 원시림인 주카이 숲 안에는 페트병 같은 온갖
쓰레기가 나뒹굴었다. 관광객이 놓고 간 것인지 자살자의

유류품인지는 한눈에 봐도 금방 알 수 있다. 자살자의 유류품은 사방 3미터 안에 몰려 있고 하룻밤을 머문 듯한 흔적이 남아 있다.

벗어놓은 옷, 신발, 인형, 술병, 전화카드, 책 등. 나는 그곳에 앉아 '왜 여기서 죽은 걸까'를 생각했다.

한번은 아오키가하라에서 자살하려던 아저씨와 마주친 적이 있다. 나는 등산복 차림이었지만 쉰 살쯤 되어 보이는 그 아저씨는 구두를 신은 양복 차림으로 잔뜩 겁에 질려 있었다. 내가 커다란 등산용 나이프를 들고 있었기 때문이다.

'죽을 거지만 그렇다고 살해당하기는 싫어'라는 묘한 심경이 내게 전해졌다.

"나는 당신의 자살을 막을 생각도, 죽일 생각도 없습니다. 다만 얘기를 듣고 싶습니다."

내가 조심스럽게 말하자 아저씨는 "내가 누군지 알려고 하지 않고, 나를 탐색하지도 않는다면요"라고 대답했다.

나는 캠핑도구로 물을 끓여 인스턴트커피를 타 아저씨에게 건넸고, 그와 20분쯤 이야기를 나누었다. 우리가 앉아 있던 곳은 울퉁불퉁한 암석으로 이루어져 있고 바닥에는 부드러운 이끼가 자라 있었다. 폭신폭신해서 편안한 최상품 소파 같았다.

아저씨가 자살하려는 이유는 돈과 병 때문이었다.

그때는 '병은 고치면 되잖아' 하고 가볍게 생각했지만, 내가 암에 걸리고 보니 당시의 아저씨 마음을 깊이 이해할 수 있었다.

어째서 이 숲에서 죽으려고 하는지 물어보자 그의 대답은 "죽을 장소가 마땅히 없어서"였다.

"달리는 차에 치어 죽으면 손해배상을 해야 하고, 집에서 죽으면 가족에게 폐를 끼치잖나."

나는 아저씨에게 더는 묻지 않았고 사진도 찍지 않았다.

이윽고 아저씨는 일어나 양복바지를 툭툭 털었다. 금방 죽을 사람이 양복에 묻은 먼지를 터는 인간다운 면모가 지금도 기억에 남아 있다.

"자네는 열심히 살게나."

그러고는 아저씨는 울창한 숲속으로 걸어 들어갔다. 나는 해가 지기 전에 숲에서 나왔다.

나는 자살을 부정하지 않는다. 안락사를 포함해 죽음은 절망한 사람에게 또 하나의 선택지라고 생각한다. 자신이 죽고 싶을 만큼 고통을 느끼며 결심해서 정한 일이다. 자살하는 사람의 인생을 책임질 수 없다면 막을 권리도 없다. 그리고 누군가의 인생을 누군가가 책임진다는 건 설령 부부간이라도, 부모 자식 간이라도 할 수 없는 일이다.

그러나 실제로는 죽고 싶지 않고, 자살의 이유가 해결할 수 있는 문제라면 해결에 최선을 다해보기 바란다. 하늘이 무너져도 솟아날 구멍이 있다 했으니 찾아보면 반드시 답이 있다. 그러기 위해서는 생각하는 힘과 돈이 필요하다. 아들은 이 두 가지를 확실하게 준비해뒀으면 한다.

그렇다면 돈으로 해결할 수 없는 문제로 죽고 싶다면 어떻게 해야 할까?

죽음은 일상에도 항상 존재한다. 조난당해 죽음이 눈앞에 있고 암에 걸려 자살을 생각하지만 과연 '죽음'이 무엇인지 아직 누구도 모른다.

인생을 살아가는 의미도 아직 잘 모르지만, 분명히 살아갈 가치는 있다.

베트남과 생명의 밝음

아이를 키우는 최대의 목적은
건강히 잘 돌봐서
어른으로 자라게 하는 것이다.

죽음에 직면한 내게 지금 필요한 것은 카메라다.

암 선고를 받은 후 매일매일 아들을 찍고 있다. 좋아하는 피사체를 마음대로 찍는 하루하루에 충만한 기쁨을 느낀다.

죽음과 직면하면 진정으로 소중한 것이 보인다. 아이러니하게도 죽음을 앞두면 살아 있음을 실감하게 된다.

아들은 이제 두 살이 되어 자아가 막 생기기 시작했다. 밥을 잘 먹을 때 나와 아내가 칭찬해주면 미소를 짓고, 모르는 사람이 웃는 얼굴로 "귀여워라!" 예뻐해주면 방글방글 웃는다. 자동차를 좋아하고 나와 마찬가지로 개를 싫어한다.

두 살은 '싫어, 싫어' 하며 떼쓰는 시기여서 마음에 안 들거나 불만이 있으면 말로 표현을 못 하니까 짜증을 내며 숟가락을 던진다.

이토록 하찮고 소소한 일들이 살아 있다는 증거이며 생명의 밟음이다.

언젠가 베트남을 여행했을 때도 비슷한 감정을 느꼈다.

베트남은 지금 한창 성장하는 개발도상국이라고는 하지만 여전히 가난한 나라다. 공장에서 일하는 사람의 평균 월급이 삼백 달러 수준이고 수입이 적은 사람은 백오십

달러에 불과하다. 내가 통역을 부탁한 사람은 한 달에 사백 달러 정도를 번다고 했다.

수입이 많든 적든 다들 당연하다는 듯 성실하고 밝게 살아간다. 깊은 이야기는 하지 않았지만 일본인보다 압도적으로 즐거워 보였으며 온화하고 다정했다.

카메라를 들어 웃고 있는 많은 베트남인의 얼굴을 찍고 있자니, 문득 죽음에 대한 명쾌한 답이 떠올랐다.

"암에 걸렸어도 괜찮아. 사람은 언젠가 죽는걸 뭐."

무덥고 습한 공기 속에서 '어떻게 죽을 것인가 고민하기보다는 어떻게 살 것인지가 중요하다'는 사실을 명확하게 깨닫게 해준 여행이었다.

아이를 키울 때 우리는 타인의 시선에서 자유롭고, 사회 통념에 따르지 않고 아이에게 사랑을 듬뿍 주며 세상의 폭풍우에서 지켜주어야 하는데도, 도리나 체면만을 앞세우는지도 모른다.

베트남에 갔을 때 문득 그런 생각이 들었다. 가족을 중요시하는 나라는 베트남만이 아니다. 예를 들어 브라질 사람들이 가장 소중히 여기는 것은 '패밀리아^{Familia}', 즉 가족이다.

만약 자신의 아이가 괴롭힘을 당하면 아빠, 엄마, 누나, 형, 삼촌, 외숙모 등 가족, 친족이 총출동해서 문제를 해결한다. 여행도 식사도 파티도 늘 가족 단위로 뭉친다.

한편 일본은 필요 이상으로 온갖 것을 조심하다 보니 어느새 개인화가 심해졌다. 고독은 필요하고 중요하지만, 부모가 되면 도리나 체면보다는 가족을 먼저 챙기고, 가장 소중히 여겨야 한다.

학교는 믿지 않아도 괜찮고, 싫어하는 친구와는 사귀지 않아도 괜찮다. 공부를 못해도 좋다. 설령 내 아이가 마뜩잖은 부분이 있다 해도 죽는 것보다는 낫다.

나는 항상 '육아란 무엇일까'라는 의문을 가졌지만 아이를 키우는 최대의 목적은 아이를 건강히 잘 돌봐서 어른으로 자라게 하는 것이다.

오늘도 아들은 죽지 않고 살아 있고, 나는 그 모습을 사진에 담고 있다. 아들의 살아 있음, 즉 생명의 밝음이 내 생명을 밝히고 있다.

행복의 허들

행복이 무엇인지는 스스로 정하는 것이라고
아들에게 알려주고 싶다.

내가 암에 걸리고 얼마 지나지 않은 겨울에 아흔둘인
아내의 외할아버지가 입원했다.

외할아버지의 사는 보람은 늘 밭일이었다. 아내의 임신
소식을 전하던 날도 밭일을 하던 중이셨다. 외할아버지는 증손자가 태어난다는 소식을 듣고 굉장히 행복해하셨다.

그런데 외할아버지는 유[註]가 태어날 무렵에 밭일을 그만두셨다.

"그 나이에 농사는 그만두셔야 해요. 이제는 위험해요"라며 가족들이 말렸기 때문이다. 사는 보람이 사라지자 나이보다 훨씬 젊어 보였던 외할아버지는 순식간에 늙어버렸고, 결국에는 입원까지 했다. 어쨌든 외할아버지에게는 밭에서 일하다 죽는 것이 행복이지 않았을까.

아내와 아들과 함께 병문안을 갔을 때 외할아버지는 내 얼굴을 보자마자 "몸은 견딜 만하니? 걱정이구나"라며 눈물을 흘리셨다.

아무도 자신의 병에 대해 말해주지 않았겠지만, 외할아버지는 이미 죽음을 각오하셨을 것이다. 죽음을 받아들인 사람은 세상을 떠날 자신보다는 남겨진 사람들을 걱정하는 법이니까.

외할아버지가 이미 죽음을 받아들였다는 것이 금방 느껴졌다. 귀가 잘 들리지 않는 외할아버지에게 큰 소리로 "저도 곧 따라갈 테니 저세상에서 뵈어요!"라고 말하자

간호사라든가 주변 사람 모두가 차가운 시선으로 나를 쏘아보았다.

나는 저세상 따위는 믿지 않는다. 하지만 조금이라도 외할아버지의 불안을 줄여드리고 싶어서 거짓말을 했다. 이왕 거짓말을 할 거라면 "안심하세요. 제 암은 낫는대요"라고 말할걸 그랬다. 어쨌든 후회되는 거짓말이다. 유족이란 어떤 식으로든 후회에서 벗어나기 어렵다.

잘 알려져 있듯이 항암 치료는 고통스럽다. 오죽하면 일부에서는 '증암제增癌劑'라고 야유를 할까. 흔히 '암은 괴로워하며 죽는다'고 말하지만 의사는 1퍼센트의 가능성 때문에라도 무리하게 항암 치료를 하고 항암제를 처방하기 마련이다. 그러나 고칠 수 없는 말기 암 환자에게 항암제를 투여해서 고통을 줄 필요는 없다.

"힘내서 1분 1초라도 오래 살았으면 한다."

이렇게 격려해주는 사람도 많다. 하지만 항암제 부작용으로 고통스러워서 아들과 놀지도 못하고 아내와 이야기도 나누지 못하고 대소변 시중까지 받으며 기계에 의지해 연명하다 죽는 인생이 무슨 의미가 있을까.

어떤 치료를 받을지, 아니면 전혀 받지 않을지, 그 선을 긋는 사람은 의사도 친족도 아닌 환자다. 그 선택은 환자에게 남은 마지막 권리다.

물론 '오래 살았으면 한다'라는 말이 진심임을 잘 안다. 나도 아내와 아들이 병에 걸렸다면 어떻게든 오래 살게 하려고 온갖 방법을 동원할지 모른다.

그 마음을 헤집어보면 '내가 슬프기 싫어' 하는 마음에 가닿는다. 자신이 슬프기 싫으니 제발 죽지 말았으면 좋겠다는 것이다. 환자의 행복을 생각해서가 아니라 실제로는 이기적인 마음에서 비롯되었다. '오래 살았으면 한다'라는 격려는 의외로 다정한 말이 아닐 수도 있다.

아들은 언젠가, 소중한 사람이 나을 수 없는 병에 걸렸다면 "오래 살아줘"라고 쉽게 말하지 말고, 아픈 사람이 생각하는 행복의 정의를 배려해주는 온화함과 다정함을 가졌으면 한다.

생명이 걸린 일에는 누구라도 냉정할 수 없다. 그러니

이 두 가지를 확실하게 기억해두기 바란다.

그 사람에게 행복이란 무엇일까.

단순히 하루라도 더 오래 사는 것이 행복일까.

이미 썼듯이 어렸을 때부터 내 꿈은 행복이었다. 행복이란 '아무런 불안도 없이 원하는 것을 하는 것'이라고 생각한다. 행복의 정의는 사람마다 다르다. 이건 순전히 내 의견이다. 예를 들어 이성에게 인기를 끌고 싶다면 이성에게 인기가 있을 때 가장 행복하다.

또한 돈이 행복이라고 생각하는 사람이라면 돈이 많으면 행복하다. 그런 사람에게 "이제 결혼하셨으니 이성에게 인기가 없어 불행하시겠어요"라든가 "돈을 소중이 여기는데 부자가 아니라서 행복하다고 말할 수 없겠군요"는 비아냥에 가까운 말이다. "오래 살아줘"라고 쉽게 말하는 것 역시 마찬가지다.

어렸을 때 개에게 물린 적이 있는 나는, 개는 싫고 무섭지만 고양이는 이유 없이 좋다. 그런데 "강아지가 얼마나 귀여운데, 키워보면 알아"라며 꼬리를 흔드는 강아지를 억지로 떠안기고, "사실 넌 고양이는 별로 좋아하지 않잖아? 좀 솔직해지라고!"라며 키우는 고양이를 제멋대로 데려가는 느낌과도 비슷하다.

아이를 갖는 것 자체가 행복은 아니다. 결혼하는 것 자체가 행복은 아니다. 정해진 직업이 있는 것 자체가 행복은 아니다. 행복이 무엇인지는 스스로 정하는 것이라고 아들에게 알려주고 싶다.

나는 몸이 좋지 않은 날도 있지만, 밤에 잠들기 전에 불안감을 느끼지는 않는다.

지금까지 해온 것보다 훨씬 더 적극적으로 인터넷에 글을 올리고 있다. 덕분에 다양한 만남도 이루어졌고, 몰랐던 것을 알 수 있는 기회도 늘었다. 지식이 느는 것도 기쁘고, 여러 경험을 할 수 있어 좋고, 재미있는 사람들과의 만남도 즐겁다. 그것을 토대로 지금까지 몰랐던 것을 알게 되는 것이 가장 기쁘다.

아들이 성장하면서 새로운 몸짓을 보여주고, 말을 잘

하는 것도 정말 기쁘다. 아들이 혼자서 그네를 탈 수 있게 된 것도 기쁘다. 아들이 그네에서 떨어져 다칠까봐 뒤에서 등을 잡아주면 "아빠도 옆에 앉아. 어서"라고 재촉해서 두 근거리는 마음으로 아들 옆에 앉을 때도 기쁘다.

아들의 두 살 생일에 바움쿠헨 빵에 꽂은 촛불을 하나씩 입으로 불어서 껐다. 아들은 촛불을 직접 다 끈 것을 손뼉을 치며 기뻐했고, 그것을 본 나와 아내도 기뻐서 환호성을 질렀다. 지난해에는 내가 대신 불어서 꺼주었지만 내년에는 아들이 한꺼번에 불어서 꺼버릴지도 모른다. 아직은 작은 아이이지만 조금씩 성장하는 그 모습이 무엇보다 기쁘다. 그래서 나는 행복하다.

병도 육아도 행복의 허들을 치워준다. 아픔을 느끼지 않고 잠들 수 있다는 것이 얼마나 행복한 것인지를 건강했을 때는 생각조차 못했다.

아이가 혼자서 양말을 신는 것만 봐도 행복하다. 아이를 갖지 않았다면 결코 느끼지 못했을 행복이다. 그러니 나는 행복하다. 인생의 꿈이 이루어졌다.

나는 '암으로 죽는다'고 포기하지 않았다. 내가 암으로 죽는 것을 이해하고 받아들였다. 좀 이르긴 하지만 죽음을 눈앞에 두고도 행복할 수 있다.

지적 호기심이 많은 편이라 죽음에 대해서도 기대된다.

아들은 16년 7개월 후에 고등학교를 졸업하고, 13년 7개월 후에 중학교를 졸업하고, 10년 7개월 후에 초등학교를 졸업하며, 4년 7개월 후에 어린이집을 졸업한다.

아들의 성장을 어디까지 볼 수 있을까?

나는 호기심이 많아서 모르는 걸 알고 싶은 욕구가 강하다. 내 목숨이 아깝다기보다는 앞으로 아들에게 일어날 일을 함께 즐기지 못해서 안타깝고, 세상이 어떻게 변해가는지 알지 못해서 안타깝다.

그러나 그것은 당연한 일이다. 사람은 누구나 죽는다. 이제 도쿠가와 이에야스^{德川家康, 1543~1616}•조차도 사람들은 잘

• 일본 에도시대(江戸時代, 1603~1868)의 초대 장군이다. 전국시대 최후의 승자가 되어 에도 막부를 만들었다. 이후 250년간 자손들이 쇼군을 이어가며 일본의 체제 안정과 평화를 정착시켰고, 사회, 경제, 문화적으로도 많은 발전을 이루었다.

모른다.

어쨌든 몰랐던 것을 알게 된다는 것은 살아 있는 사람
의 특권이다.

나는 살아 있는 한, 새로운 것을 알아가리라.

자랑스러운 아버지

'엄마를 부탁한다'라고는 말하지 않겠다.

아들은 나라면 입지 않을 옷을 입을지도 모른다. 보통의 부모라면 싫어할 캐릭터가 그려진 화려한 디자인의 유치한 옷을 입을지도 모른다.

나는 아들이 그런 옷을 입어도 상관없다. 멋쟁이 부모

가 아이에게 골라주는 센스 있고 세련된 옷은 필요 없다. 그 연령대의 아이가 입고 싶은 옷을 입으면 된다.

촌스런 옷, 촌스런 머리 모양, 촌스런 소지품, 유치한 놀이나 아이다운 고민, 풋내 나는 주장을 하면 된다. 그것이 그 시대의, 그 연령대를 살아가는 것이니까.

아들은 상당히 높은 확률로 아버지를 일찍 잃는다. 그래서 고생할 수도 있다.

이렇게 책을 쓰고 인터넷에 글을 올리며 쉬지 않고 사진을 찍는 이유는 아들에게 자랑스러운 아버지가 되고 싶어서다.

사람은 주어진 조건을 바탕으로 살 수밖에 없다. 그러니 아들은 '아버지를 일찍 잃었다'는 마이너스 조건을 받아들일 수밖에 없다.

하지만 아들에게 조금이라도 플러스 조건을 남겨주고 싶다. 내가 세상을 떠난 후에 '우리 아버지는 멋진 분이었어'라고 아들의 마음속에 간직되고 싶다. 그래서 내가 살아 있는 동안 할 수 있는 모든 일을 해둘 작정이다.

아버지가 죽으면 남자아이에게는 어머니를 지키는 역할이 주어진다. 하지만 나는 "엄마를 부탁한다"라고는 말하지 않겠다.

아내에게는 "유를 잘 부탁해"라고 말하겠지만 아들은 자신에게 충실하기만을 바란다. 그렇잖아도 아버지가 곁에 없는데 불필요한 일을 짊어지게 하기는 싫다.

아내도, 아들도 스스로 땅을 딛고 서서 누가 누구를 짊어지지 않고 서로 의지하는 관계이기를 바란다. 그리고 아무리 내가 아들에게 자랑스러운 아버지로 남으려고 고군분투했다 하더라도 언젠가는 아들이 나를 부정하고 우뚝서기를 바란다.

부모도 처음 사는 인생이고 처음 아이를 키우다 보니 잘못하는 일도 있다. 인간은 죽을 때까지도 완전히 성숙해지지 않는다. 더욱이 서른다섯의 나는 미숙한 인간이다.

그러니 이 책을 굳이 펼치지 않아도 괜찮다.

단 하나, 이것만은 기억해주기 바란다.

아빠는 네가 무엇을 선택하든 항상 지지하고 등을 밀어

주겠다는 것을.

아빠는 영원히 네 편이라는 것을.

:

내가 어렸을 때 내 주변에 있으면 좋겠다고 생각한 어른이 되고 싶었는데, 이 책을 쓰면서 더욱 깊이 깨달았다.

부모와 친척 어른, 교사나 근처에 사는 어른 등 어렸을 때 나는 어른 복이 없었다. 그래서 어릴 적 나는, 어른들은 죄다 싫은 사람뿐이라고 판단했다.

그런데 막상 어른이 되어 사회생활을 해보니 어디든 싫은 사람이 있었다. 싫은 사람들은 자신이 당했던 싫은 일을 화풀이하듯 다른 사람에게 싫은 짓을 흩뿌린다.

싫은 사람이 새로운 싫은 사람을 만든다.

나는 내가 싫어한 어른이 되고 싶지 않아서, 악의를 접할 때마다 반면교사로 삼아 항상 조심했다.

:

　오래 사는 것이 행복이라 여기는 사람에게 나는 불행한 사람으로 보일지도 모른다.

　행복에 대한 가치관은 사람마다 다르다. 사람에 따라 자신이 가진 행복의 가치관과 다른 사람을 비교하여 그 사람이 불행하다고 단정할 수도 있다.

　예를 들어, 돈 버는 일이 행복의 기준이며 가치관인 사람에게는 돈을 벌지 않는 노숙자가 불행해 보이고 딱해 보일 수도 있다.

　그러나 노숙자의 입장에서는 자유로운 생활이 행복의 기준이며 가치관이라서 돈을 벌려고 매일 밤늦게까지 아등바등 일하는 사람이 오히려 불행해 보일 수도 있다.

　서른넷에 암에 걸릴 것이라고는 상상도 못 했지만, 암

:

에 걸려 책을 출판하리라고는 꿈에서조차 몰랐다.

촬영 일을 수주할 수는 없지만 그 대신 글을 쓰며 하루하루를 지내고 있다.

좋아하는 음식을 먹고 좋아하는 사람과 놀고 좋아하는 일을 하며, 내일에 대한 걱정이나 불안 없이 하루하루를 살고 있다.

한때 자살을 생각할 만큼 고통스러웠지만, 지금 나는 인생에서 가장 평온하고 행복한 시간을 보내고 있다.

인생은 무슨 일이 생길지 모른다. 한 치 앞이 어둠일 수도 있고, 그 어둠의 한 치 앞이 빛일 수도 있다.

나에게 암에 걸려 불행하냐고 묻는다면 나는 불행하지 않다고 대답하겠다.

:

　나를 불행한 사람이라 단정하고서 내 아들의 앞날을 거론하며 가엾게 바라보는 시선이 무엇보다 분하고 슬프다. 특히 내가 싫어하는 사람일수록 불행하다는 결론을 내리고 불쌍한 눈초리로 바라본다.

　이러한 슬픔은 암에 걸리지 않았더라면 알지 못했을 것이다. 병이 나에게 알려준 것 중 하나다.

　어쩌면 싫은 사람도 '암' 같은 존재일지 모른다.

　그 모두를 반면교사로 삼은 덕에 육아에 필요한 온화함과 다정함이 조금이라도 더 쌓였다고 생각한다.

　나의 인생에는 싫은 일도 많았지만 아들에게는 그런 싫은 경험을 하게 만들고 싶지 않다.

　그러나 실패하지 않게 하려고 아들에게 미리 레일을 깔

:

아주거나 답을 알려주진 않겠다.

나는 너에게 멀리서 희미하게 빛나는 등대와도 같은 존재로 남고 싶다.

등대는 주변이 밝으면 보이지 않지만, 어두운 바다에서 네가 불안에 떨 때 안심할 수 있게 비춰줄 것이다.

"아빠는 너에게 어릴 적에 그리던 부모가 아닐 수도 있어. 하지만 힘들거나 불안해지면 아빠의 말을 곰곰이 생각해보렴."

나의 말이, 나의 이야기가 아들에게 마음의 버팀목이 되기를 바란다.

:

그리고 언젠가는 너도 소중한 사람에게 빛이 되어주기
를 바란다.

내가 어릴 적 그리던
아버지가 되어

초판 1쇄 발행 2019년 5월 13일
개정판 1쇄 발행 2020년 12월 15일

지은이 하타노 히로시
옮긴이 한성례
펴낸이 이범상
펴낸곳 (주)비전비엔피 · 애플북스

기획 편집 이경원 차재호 김승희 김연희 고연경 황서연 김태은 박승연
디자인 최원영 이상재 한우리
마케팅 이성호 최은석 전상미
전자책 김성화 김희정 이병준
관리 이다정

주소 우) 04034 서울특별시 마포구 잔다리로7길 12 (서교동)
전화 02) 338-2411 | **팩스** 02) 338-2413
홈페이지 www.visionbp.co.kr
인스타그램 www.instagram.com/visioncorea
포스트 post.naver.com/visioncorea
이메일 visioncorea@naver.com
원고투고 editor@visionbp.co.kr

등록번호 제313-2007-000012호

ISBN 979-11-90147-35-4   03830

· 값은 뒤표지에 있습니다.
· 잘못된 책은 구입하신 서점에서 바꿔드립니다.

이 도서의 국립중앙도서관 출판예정도서목록(CIP)은 서지정보유통지원시스템 홈페이지(http://seoji.nl.go.kr)와
국가자료종합목록 구축시스템(http://kolis-net.nl.go.kr)에서 이용하실 수 있습니다. (CIP제어번호 : CIP2020049427)